U0596355

素锦的香港往事

百合 著

中华书局

图书在版编目(CIP)数据

素锦的香港往事/百合著. —北京:中华书局,2023.7
(2024.2 重印)
ISBN 978-7-101-16184-7

Ⅰ.素… Ⅱ.百… Ⅲ.书信集-中国-当代 Ⅳ.I267.5

中国国家版本馆 CIP 数据核字(2023)第 073807 号

书　　名	素锦的香港往事
著　　者	百　合
责任编辑	马　燕
责任印制	陈丽娜
出版发行	中华书局
	(北京市丰台区太平桥西里 38 号　100073)
	http://www.zhbc.com.cn
	E-mail:zhbc@zhbc.com.cn
印　　刷	天津善印科技有限公司
版　　次	2023 年 7 月第 1 版
	2024 年 2 月第 3 次印刷
规　　格	开本/850×1168 毫米　1/32
	印张 8⅝　插页 7　字数 160 千字
印　　数	15001-20000 册
国际书号	ISBN 978-7-101-16184-7
定　　价	56.00 元

目　录

序

作为收藏家，我钟情的专题就是纸品，诸如名片、戏单、契约、账本、票证之类，见到这类物品，总想摩挲一番，探究它们背后的故事。

开始时，我特别着迷名人书信的收藏，但收获甚微。一是真假不好判断，不敢轻易出手；其次是要价很高，即使见到心仪的名人信札，也常因囊中羞涩而作罢。

后来，许多书贩知道我喜欢收藏书信，便经常向我推荐民间书信。但当时我喜欢的还是名人书信。后来，我逐渐感觉到，这些民间书信也是难得的史料，是很有价值的。从那以后，我便把精力放在了民间书信的收藏上。至今，已经收藏一百多个家族的书信，有的家族信件竟达上千封。这些都是珍贵的历史记录。

收藏素锦（为信主及家人讳，对信中涉及的主要人物姓名做了处理）书信的情景，至今记忆犹新。那是2013年11月，我在上海戏剧学院参加全国中青年戏剧评论家研修班学习期间，周末带着来自港澳台的同学去上海文庙淘书，在市场东南角的台阶上，有家摊位上摆放着一厚沓装订好的书信，总计八册。每册封面上都标有书信的起止日期。摊主要价一千五百元，最后我以九百元的价格收入囊中。当时有个细节让我印象深刻。当我决定要买这批书信时，摊主给自己的家人打了个电话，征得同意后，他才卖给了我。

素锦写给家人的信，从1956年10月5日开始，到1976年12月12日结束，共三百二十六封，跨度二十年，总计四十万字，记载了她在香港二十年的日常起居、生活琐事，展现了她的悲欢离合与喜怒哀乐。这些书信，让我们看到一位香港普通小市民对于生活和世事的种种态度，特别是对香港1956年至1976年这二十年间变化与发展的独特体会。这些书信虽只是素锦个人的喜怒哀乐，但也由此可以看到香港五十至七十年代底层百姓的生活；既是素锦个人生命史的片段，也是研究香港城市史的文献资料。特别有意思的是，这批书信还包括素锦的妹妹写给姐姐的书信底稿，共一百五十六封，二十余万字。姐妹间的往来书信，工笔描绘了这二十年间上海与香港的社会生活细节。

书信作为情感的重要表现形式之一，能够真实地展现人的内心世界。但民间书信其实很难留存，也不容易进入"历史"。对于自己收藏的一百多个家族的书信如何发挥社会价值，我开始时束手无策。后来受赵瑜先生《寻找巴金的黛莉》和云从龙先生《明星与素琴》等作品的启发，我渐渐找到了途径。尤其是云从龙先生，一直致力于民间立场的个人历史写作，那些带有体温的记忆，有细节有识见，填补了宏大叙事留下的空隙，让人离历史现场与真相更近一步。他在《读库》发表的一系列非虚构作品，试图通过挖掘小人物的个人史来反映沧桑巨变的大时代，对我启发很大。

收藏素锦的这些书信后，我曾通过各种方式，甚至写信给中央电视台《等着我》栏目，试图寻找她的后人，但始终没有结果。

2021年，我和作家百合以素锦的书信为基础，开始尝试非虚构写作。在共同设定写作框架和写作视角之后，由百合执笔，完成《素锦的香港往事》一文，四万余字。特别感谢张立宪主编的大力支持，这篇文章在《读库2202》刊登之后，受到很多读者的关注与好评，并荣获2022年《收获》文学榜非虚构类第二名。

中华书局马燕编辑看到《读库》上的文章即联系我们，

希望推出单行本。百合再次阅读了所有信件，在原来的基础上扩充到十四万字，结构上也有所调整。之前是按照素锦在香港生活的横断面来谋篇布局的，而单行本则以素锦在香港生活的时间轴为主线，大大丰富了她在香港生活二十年的生活细节。此外，也涉及素锦在上海的亲人的生活轨迹，展现了特定时代的社会氛围，折射沪港两地二十年间的沧桑变化，读来令人唏嘘。

来自读者的认可，给我们很大的信心与鼓励。我们将继续利用收藏的家族书信，梳理小人物的历史，以期给读者奉献更多作品。

刘涛

2023年5月

引　子

　　我知道她的名字，见过她的字迹，却不清楚她的模样；我了解她的人生，洞悉她的脾气，却不知晓她的结局。

　　她是一百年前出生的人。

　　在上海文庙的一个旧货市场上，有缘人和她偶然相遇，那时候的她，已然栖身于一堆故纸里。

　　准确地说，那是一些旧信，她是那位写信的人。

　　在一摞摞的家信中，顺手拿起了第一封，从此跌进了一个女人煎熬的人生里去。

　　那是一封向上海市政府申请赴港的信。

　　　　我于十九岁时，因家庭生活困难，父亲去世甚早，
　　母亲身弱，弟妹幼小，一家无依，为生活逼迫，只得进
　　入舞场伴舞。

后遇章文勋，愿负担我一家生活，我也急欲脱离恶劣环境，就与之同居。

后我母亲亡故，妹也结婚，弟于一九五一年参干，现在朝鲜。

现我在上海无亲无故，只有子女三人，长女十岁，现在上学四年级，次子八岁，在三年级，三女在幼儿园，我自己也身弱多病。

章文勋于一九五零年七月赴港后，于一九五零年十一月曾来沪携领其妻儿一同赴港，其走时，我也不知。后其来信曰，我们的生活费由他每月汇来家用，我因无一技能，只得教养子女。所以我也一直留于上海，也从未有去过香港。只有他平时难得来信与我得知他的情形外，我是无一法可以得知他的信息，他每月给我们的生活费是五佰元港币。

自一九五三年起，汇款经常脱期，有时脱十多天，有时脱一月以上。而汇款也减少，有时四佰元，有时三佰元，生活也已感入不敷出。在（从）一九五三年十一月起到现在，就没有能再收到他的汇款。所以目前我的生活确实陷于万分困难，实难维持，借贷无门，实在无法，故而请求照顾，使我们能维持生活，只得赴港以解决三个子女的生活问题。

这一份残缺不全的申请，没有落款和日期，但这个女人的身世自述，前半段恍如张爱玲《半生缘》里的姐姐曼璐，为了一家老小的生计被迫成为舞女，跌入风尘难以脱身，正好遇到祝鸿才，慌忙抓住一根救命稻草上岸，做了商贾外室；而后半段，又令人想到台湾作家蒋晓云的作品《北国有佳人》的主人公商淑英，上岸后开枝散叶以求稳固地位，却不料对方一去不回，水阔鱼沉无处问；最后才是《铡美案》里的弃妇秦香莲，拖着嗷嗷待哺的幼子幼女四处哀告。

这不是小说和戏剧，是在一个活生生的人身上发生过的真实事情，这份申请让人不能不对她的命运莫名牵挂。

再打开一封，是她写给自己孩子的："芬儿、小庆儿：妈妈已于四日下午平安抵港。一切都好，勿念。今天我已见到你爸爸，现在还没有结论……"落款是"妈妈 周素锦 手书1956年10月5日"。

原来她叫周素锦。原来她去了香港，还找到了孩子们的父亲，那个将正室妻儿悄悄带走，却连招呼都不跟他们母子打一声的男人。用今日的女性眼光看，就是个擅长金蝉脱壳的薄情之人，他会怎么对待她呢？

答案就在这一箱发黄的纸张里，四百八十二封书信，六十余万字，跨度二十年。

上 篇

(1956—1966)

1

"好容易船靠了岸，她方才有机会到甲板上去看看海景。那是个火辣辣的下午，望过去最触目的便是码头上围列着的巨型广告牌，红的，橘红的，粉红的，倒映在绿油油的海水里，一条条，一抹抹刺激性的犯冲的色素，窜上落下，在水底下厮杀得异常热闹。流苏想着，在这夸张的城里，就是栽个跟斗，只怕也比别处痛些，心里不由得七上八下起来。"

在《倾城之恋》里，民国女作家张爱玲这样写，这大概能代表很多人对香港的初印象。

小说中白流苏的感觉，未尝不是周素锦的感觉。

1956年10月4日下午，素锦乘坐的轮船抵达香港码头。尖锐的汽笛划破长空，像是轮船打了一个如释重负的大哈欠。她走出船舱，走下船舷，走向自己未卜的命运。

此行目的无非两个：一是要到男人的钱，迅速返回上海抚养孩子；二是讨回男人的欢心，把孩子们都接来与父亲团聚。但现实会按她的出题思路作答么？

她不是一个人来的，和她同行的是一位堂叔，她唤他"世秋叔"。到达香港时，接她的人并不是章文勋，而是她的一位本家小姑姑，上海话称作"小娘娘"，她是世秋叔的妹妹。姑父姓李，在香港还有些根基，她不喊姑父，而是称呼"李先生"。还有一些其他亲戚，"五奶奶""纪姑丈"等。五奶奶是世秋叔和小姑姑的母亲。看样子，在这之前，她周围的不少亲戚就闻风而动，早一步来到了香港。

"……国共内战让香港这个与内陆脐带相连，英国赖皮不还的殖民地接收了大量内地涌入的人力和资源。"据记载，20世纪40年代末到50年代初的一两年间，内地有几十万人跨过罗湖桥，移居香港。她的"丈夫"章文勋，就是1950年带着正室妻儿赴港定居的。

六年以后，素锦才单枪匹马追过来。

但她这一次香港之行的路线，却很蹊跷。

从上海出发，经广州转澳门，再从澳门到香港，中间用了好几天时间。途中她还汇了两笔钱回家，让孩子买水果、钙片、鱼肝油吃。一笔二十五元，由广州新华酒店代汇；一笔四元九角三分，从珠海拱北邮局汇出——珠海拱北口岸位于珠海市东南部，毗邻澳门，陆路与澳门相连，素锦正是从这里进入澳门。

明明可以经深圳直接走罗湖桥到香港，毕竟罗湖口岸是连接香港和内地的第一口岸，素锦何以要舍近求远绕这么一大圈？

这很可能与当时的边境政策有关。从1951年2月15日起，来往香港旅客一律需要持公安机关签发的通行证才可通行，由此，赴港人数锐减九成。素锦八成是搞不到通行证，才不得不"曲线寻夫"。看来，她那封申请，终究是落空了。

但不管怎么说，总算到了香港。

面对亲戚们热情的接待，素锦暂时按压下焦躁忐忑的情绪，强装笑颜以对。洗了澡，吃了饭，开始逛马路，她赞叹那里"真是热闹"，又说"那边东西都甚便宜，五光十色"。这就是1950年代一个上海人对香港的最初印象：物质丰富，物价极低。

素锦从上海来时穿的是深色衣服，这副打扮在香港显得不合时宜。和她身量差不多的小姑姑，把旗袍借给她穿。逛街时，又专门给她裁衣料做了件新旗袍，这算入乡随俗的第一步。

素锦好久没穿旗袍了，这种感觉既熟悉又很新鲜。眼前，满街都是腰身，在五彩斑斓的绸缎包裹下，来来往往摇曳生姿，她仿佛回到了旧上海的往日时光，但细看，又分明是一个全新的世界。

当时的香港，女人们的衣着日常以旗袍居多，那正是《花样年华》里苏丽珍们的时代。而她们的旗袍款式，是紧紧跟随巴黎纽约的时尚潮流走的。50年代最流行的旗袍基本特征是轮廓呈沙漏型，强调尖胸、细腰、丰臀。电影《花样年华》，造型师张叔平先是收购了一批30年代的上海旗袍，再让香港裁缝梁朗光进行了符合历史的改造，除了没有让张曼玉内穿子弹头胸罩，其余的都尽可能还原。

电影里，苏丽珍穿着不留一丝余地的高领窄身旗袍，提着饭盒，娉娉婷婷走下狭仄的楼梯，遇着人侧身避让，脊背依旧挺得笔直，烟火气里的背影玲珑曼妙，带着一种港式的韧劲。

在影迷心里，这个形象俨然成为香港这座城市的独家记忆。

然而，在导演王家卫的心里，苏丽珍其实是一个来自上海的女人，浑身携带着上海人特有的、无论何时都要保持体面优雅的海派味道，哪怕只是下楼去买一碗云吞面。

而穿上港式旗袍的素锦，不知道是不是有几分苏丽珍的样子？

1956年10月4日，素锦度过了她在香港的第一个夜晚。

1963 年香港街头身着旗袍的女子（许日彤先生提供）

1951年油麻地光明影戏院（许日彤先生提供）

这注定是个难眠之夜，章文勋会欢迎她的到来吗？他会接纳素锦母子吗？她不知道等待自己的将是什么。

一夜辗转反侧后，天一亮，小姑姑就陪她按地址去找人，一上午去了两次都没见到。她们索性留下一个咖啡馆的地址，说在那儿等。

上午十一点半的时候，章文勋出现了。她看着他，他没怎么变，还像当初那么胖。旁观者清，比素锦更精明老道的小姑姑，则注意到章文勋很紧张，他的手抖得很厉害。

的确，面对这个被自己遗落在上海的女人，章文勋感到的不是久别重逢的惊喜，而是猝不及防的惊吓。这一对昔日一起生活多年，并诞育了三个子女的红尘男女，睽违六年后的第一次对话，是尴尬僵硬的谈判。

他的态度，用素锦写给妹妹信里的原话说就是"很不好"，还如此诉苦："我现在生活困难，无法负担你们的生活。"

对这种回答，她显然有心理准备，否则对方之前也不会停寄生活费。情势所迫，她暂时不能跟他撕破脸，便软中带硬地答："你再坏点我也原谅你，因为我晓得你也没有钱。现在我个人不需要你负担，但三个小孩不能叫他们饿肚皮。"

章闻言精神上放松了一些，说自己会想办法，让她先回上海，会先汇点生活费回去。

素锦怕他是缓兵之计，便说："我不预备回去了。"言下之意是要接孩子们一起来香港投靠他。

章文勋说："要等六个月才能看得出好坏。"他指的是自己现在手头的生意刚开始，还没盈利。

素锦说："那我等你六个月好了。"

章文勋说："假如条件好些，孩子接出来在港居住。"

素锦知道，这种说法目前不能当真。"这种说法我现在只能听听而已。这个人我现在不能信任他，只能当他放屁。"

这个男人除了和当初一样胖，其他方面都变了："简直是个混蛋！"

两人相见的场景莫名像极了贾樟柯电影《江湖儿女》的一幕，出狱的巧巧与旧情人斌哥见面，男人极尽躲闪，女人不依不饶。

不同的是，电影里的巧巧黯然离去，而现实里的素锦却真的在章文勋眼皮子底下驻扎下来。上海的三个孩子临时托亲戚和邻居照顾，大女儿蓼芬和儿子小庆托给妹妹妹夫照看，但因他们都有工作，便每天放学在邻居家吃饭，素锦付给一定的费用。小女儿小芬（小名囡囡）则寄养在苏州亲戚家里。这三个孩子，素锦请妹妹代为照应，并随信寄去三十元。

在给女儿的信中，素锦笔底不出恶语："妈妈现在暂时还不能回来，因为我要等你爸爸的信，看他是怎么写的，倘若他实在是不照顾我们，那么我立即就回来。如果他这次信来后，能照顾我们生活，那么我也会写信告诉你们的。现在你爸爸确实环境不良，受很重的刺激，他很不得意，我们也不怪他了，因为他实在是这样。"

最后一句话，更像是给自己找台阶下。也可以看作是善意的谎言，直告父亲打算弃养他们，这样的真相对孩子太过残忍。

仅仅九天之后，章文勋便飞去了美国。走之前素锦没有见到他，他也没有留钱给她，只让人留了口信就一走了之。他的理由是，九龙"闹事"，适逢宵禁，街上封锁，没条件见面，也没法出门借钱，而飞机票是提前买好的，不能改期。

章文勋离港的日期是1956年10月14日，当时香港发生了震惊中外的"九龙暴动"事件，这是香港历史上死亡人数最多的暴动，医院记录伤病数四百四十三人，其中五十九人死亡，三百八十四人受伤。此事件又称"双十暴动"。

1956年10月10日清晨，港英政府一位在九龙李郑屋邨的徙置区管理人员发现四处贴满"庆祝双十国庆"的标语和"青天白日"旗帜，认为此举违反管理条例，随即动手将标语及旗子取下。由此引发大批亲国民党的居民围攻徙置区办事处。荃湾宝星纱厂工人之间也发生类似的冲突。

冲突于10日下午爆发，次日港英当局出动英军协助警察维持秩序，并下达开枪令，旋即宣布九龙戒严，时间由晚上七时半至翌晨十时，但形势严峻，戒严令一再延长，持续了两天三夜，至10月14日上午七时始告取消。

刚到香港便骤遇此事，素锦六神无主，听闻街上惨状，不禁瑟瑟发抖，给章文勋打过电话，但宵禁期间打不通。章文勋留下口信让素锦先住在小姑姑家，并说俟其定职后就汇生活费来，日后再接孩子们来香港居住。

素锦将信将疑。人心隔肚皮，他说的话有几分是真？这一走是不是又是金蝉脱壳？

再说他的生意还不知道结果。就这样把三个未成年的孩子留在家里没人照顾，自己被动地耗着，要耗到什么时候？万一是白等一场呢？但如果就这么无功而返，回去又怎么抚养孩子？

回还是留？她无所适从。

小姑姑、五奶奶她们都力劝素锦留下等一段时间，来都来了，索性耐下性子磨一磨看结果。

"现五奶奶、小娘娘、李先生等也劝我等一个时期再做道理，李先生、小娘娘待我甚好，他们时常同我一同出去看戏吃饭。因他们经常如此，我一个人在此，他们并不多嫌我。并经常对我如此说，叫我不要不好意思，现在我已看过许多电影，小娘娘是什么戏都欢喜看，实在是太无聊之故。故我现在只得暂且住了再说了。心中也非常挂念你们，现在只能将小孩拜托给你们，如若过了一个时期，章如仍无信息，我立即返沪，现在种种拜托你们，容后再谢了……"她只好致信弟弟妹妹，求他们照看孩子。

素锦有一个妹妹，两个弟弟。妹妹叫素美，两个弟弟分别叫元陵和幼陵。

素美和幼陵在上海，而大弟元陵则在台湾。前面素锦在给政府的救济申请信里提的"1951年参干，现在朝鲜"的弟弟，指的应当是幼陵。至于她为什么只提幼陵而不提元陵，原因不言而喻。

对她一直滞留香港，三个弟弟妹妹三种态度。

小弟弟幼陵不满，催她早日返沪照顾孩子，言下之意是她这个母亲当得不合格。她去信解释：我对章的感情已有深深的裂痕，所谓等候一段时间，只是为孩子的问题而已，就这样让他随便摆脱责任，未免太便宜他了。

海峡对岸的大弟元陵得知姐姐的窘况后，反来信劝她不要着急做决定，对章再观察观察，给彼此一个机会。他劝姐姐宽心，让她安心在港，他会定期寄零用钱给她。并说他这个当舅舅的有一日在世，即当全力以赴照料三个孩子，因他深知无父之儿的痛苦。

这些温暖的话语无疑给了黑暗中挣扎的素锦一支强心剂，

她感到自己并不是那么孤立无援了。

妹妹素美则用实际行动替姐姐分劳分忧，一有空就去上海兴业里的素锦家替她照顾两个大孩子，给他们结绒线衣过冬。素锦对妹妹的感激溢于言表："知妹为我关心，并细心照顾孩子及物件事，使我心感万分。想手足情深，使我铭感不已。想妹之心细，真使姊感之不及，又妹待姊情深，不知何日可报，使我感怅不已！"

自顾不暇的素锦，还惦记着自己的大阿姨，让妹妹替她寄二元钱给大阿姨。说自己无法经常照顾她，嘱妹妹时常接济，让大阿姨安度晚年。

素锦就这样在小姑姑家暂住了下来。等待是难熬的。白天她强打精神和身边人说说笑笑，毕竟住在亲戚家里，总不能老是一张苦瓜脸给人看。但一看到别人家的孩子，就禁不住想到自己的孩子，在上海的两个大孩子不知道懂事不懂事？在苏州的小女儿还和以前一样脾气大吗？

夜里想孩子想得睡不着的时候，就爬起来给孩子们写信，交代的都是鸡零狗碎的事情，是只有母亲才能说出来的话："你们时常要留心冷热，保护身体，最好的就是身体健康，因为妈妈不能照顾你们，你们早晨要漱口、刷牙，晚上要洗脚、洗面，手一定要清爽，这种习惯一定要养成，否则别人看来就是不懂规矩和不礼貌,整洁也是要紧的。"

她嘱咐大女儿要多关照小弟的功课,让他不要乱花钱,更不要向别人借钱——从后面的家信里能看出,这是个不省心的孩子。她对大女儿则颇多赞许:"我知道你好的,五奶奶、小娘娘等都称赞你呢!"最不放心的是小女儿囡囡,此时尚寄养在亲戚家里,"囡囡我不知她好不好,心里很不放心,最苦的还是囡囡"。

她要孩子们听话乖巧,听阿姨姨夫的话,因为"我们在上海没有什么亲人",他们是最亲的人;对左邻右舍、古家姆妈、任家太太要客气,因为"他们是很亲近的人";对张家姆妈和楼下的邱家顾家,替她去看看他们;如果去万家太太那里的话,可以告诉对方"我很想她"。各家各户都照顾到,但却有着细微的差别,既周到又门儿清,这是独属于上海女人的精细与缜密。

她殷殷教导孩子们要节约,说妈妈现在寄居在别人家,一分钱也舍不得花,他们爸爸没有寄钱给他们,如果他们再浪费的话,将来是很痛苦的。"你们要乖些,家里一切东西都要宝贵,养成好的习惯,对自己也有好处的,不要约小朋友到家里玩,现在我们一点东西也买不起了。我们不能和别人比,别人都有爸爸和妈妈在工作,人家都有收入,现在苦些,将来环境能好转,我们就快乐了。不要多用一个钱。"

担心孩子们听了这些会恐惧绝望，接下来她又安慰说："假定我下个月之间不决定回来，或者你们爸爸有些钱寄给我，我会汇钱来给你们，那时候就稍会多用一点是不要紧的。"

然而章文勋并没有寄钱，只是断断续续写信告诉她自己也很难，要等时来运转。她半信半疑，一方面愿意相信他的生意真的不景气，一方面又暗暗怀疑他是在变相地赶她走，想要她耗尽最后一点耐心，自动无趣离开。

一转眼半年就过去了。

"如若过了一个时期，章如无信息，我立即返沪。"一开始她的确这样想过。但人性是这样的，等待时间越长，沉没成本就越高，心中对章文勋的怨恨就更深，也就越不甘心这样灰头土脸回去。思来想去，反正已经六个月了，她索性横下心来继续等，必须等章回来，没个说法绝不能不明不白地走开。

那一年年底，她"赖"在香港过了个五味杂陈的年。

全世界华人的春节都是一样的，大扫除、拜年、发红包、吃吃喝喝、打牌、看电影。

来到香港后，好心的长辈们为了让她散心，经常带她去戏院，她之前跟着五奶奶已经看了不少粤语古装片。

春节期间也不例外，世秋叔喜欢看旧约故事，请她在九龙快乐戏院看《大卫王》《拔示巴》。

　　素锦最喜欢的是小娘娘请她在东方戏院看的《飞女怀春》，这是一部外国片，编剧和导演由英国的爱德芒德·古尔一人担任，美国演员金格尔·罗杰斯担任女主角，该片获得1957年第二十九届奥斯卡金像奖黑白片最佳艺术指导和布景、最佳服装设计两项提名奖。

　　"我现在在港心中一直牵念你们和孩子，只望有个结果，可早日见到你们，我想不出写什么，下次再告，小娘娘、五奶奶、李先生叫我望望（问候）你们。此祝春节喜乐。姊　素锦　草上 1957年1月24日。"

2

　　第二年四五月份，章文勋终于回来了。许是良心发现，许是迫于社会舆论，毕竟香港弹丸之地，在港上海人的圈子就这么大，他一个生意人，多少也要顾及自己的声誉，待素锦的态度较之以前友善了很多，会不时来小姑姑家看看她，约她出去走走，不像夫妻，倒像情侣约会。

　　有钱就在外面吃饭，他们最常去的是太平馆，有时候她吃过了，就喝一杯橙汁；没钱就喝个咖啡看个电影。

素锦说:"近来我们常在看电影,有时看二场,所以这一时我和他看了有十七八张(场)电影了,不过我们总在二轮戏院,有时看公余场。"之所以专门挑二轮戏院和公余场,都是图省钱。

二轮戏院指专门播放首轮戏院下档作品的影院,因画质较差而票价便宜。戏院分为早场和五点半后的公余场:早场放粤语长片,公余场放少有人问津的西洋电影。公余场观众更少,票只卖四角钱。

香港很多著名导演对电影最初的兴趣就是在公余场培养的。导演杜琪峰曾自述童年时借公余场看了大量的西洋电影,对他后来的创作影响很大;拍出《十月围城》《一个人的武林》的陈德森则是因为父母吵架、自己成绩不好不敢回家,放学后把公余场当作避风港。50年代出生的港人宝藏歌手区瑞强,曾经唱过一首著名的《五点半公余场》,深情而怅然地描述学生时代和小女友放学后去偷看公余场的情景,"剧情虽使我不满,与她亲近我喜欢"。公余场是属于一代香港人的记忆。

回头说这一对怨偶,十七八场廉价电影看过去了,他也没有接她出去住的意思。

章文勋给素锦讲了这一段的艰难,说自己连个写字间也没有,还在给人打工。50年代的香港是制造业的天堂,市场繁荣而高度饱和，外来移民已经很难分到一杯羹。

导致章文勋负担重的另外一个重要原因，他们都心照不宣，就是妻妾成群，尾大不掉。章来到香港后，又火速纳了一位叫田竹清的女子。这女子身边还带着一个跟前夫生的大儿子。

大太太给他生了八个孩子，有几个留在上海，没全带出来；素锦给他生了二女一子；新欢田竹清又给他添了一个儿子。

统共算下来，他至少同时有十二个子女要养，负担不重才怪!

这就可以理解为什么当素锦出现时，他何以那么慌乱。匆匆登上飞机，去美国为讨生活固然不假，潜意识里未必没有躲避三房太太同时都在香港的压力。齐人之福，终成齐人之有苦说不出。

章文勋向她抱怨，自己之所以落到今天这个地步，全是因为正室张云云!是她坑了他，他也恨透了她，她曾拿钱给他做生意，但后来都赔了，将来就是有了钱也不给她花——话说这逻辑还真是奇怪。男人事业搞砸就怪女人，向来是中国人的"优良"传统，妲己之于商纣王，褒姒之于周幽王，杨玉环之于唐明皇，平凡人章文勋，也不能例外。

章文勋为自己之前的行为向素锦道歉，并信誓旦旦地保证以后　定会对她好，还说让张氏和田氏都回上海去，就把她一个人带到身边。

好大一个饼。

素锦说："你的话我只能相信一半，因为之前的事情实在是让我怕了。"章文勖闻言哭笑不得，好像看一个五岁的小孩子对自己说："你当我还是三岁小孩？"

"他现在待我倒是比以前好多了，看上去或许良心发现了，不过我还不能当真的，我自己在想，因为日子还长，这一时是比较接近，以后的事是要看了，而且他现在又没有能力和钱，我并不是看不起他和鄙视他，我实在的情形是这样。"几年来的遭遇，素锦学会了凡事持保留态度，不被花言巧语砸昏了头，到底怎么样要从事儿上见。

小姑姑姑父都很替素锦高兴，说他们旁观者清，章终于回心转意了。

6月1日晚，素锦在灯下给妹妹写信提到自己给在上海的一位张太太寄了治疗高血压的药，二百片，花费港币十四元。并问妹夫临轩要不要，素锦特别强调："是章文勖去买的。"

这个细节颇值回味，这十四元港币里也夹杂了她不能宣之于口的期盼。

7月，替她照顾孩子一日三餐的陆姓邻居，托人捎信来，说原先说好的六个月，现已超期，自己身体吃不消了，让她快点回来。

"我即刻回来,全功尽废了。我知道章文勋的为人,他现在是环境不好,面上他是不讲的,如果我走,那是最好的,省得他烦了,如果要说等他环境好转再寄钱给我,那是希望极少的。人在眼前还有些心,人不在眼前,他也不会放在心上的。"(1957年10月6日与妹书)她想再等等,看看能不能讨到些抚养费。即便要与之决裂回沪,也要他写下断离文书。她也就死了心,回去和孩子过苦日子。从此一别两宽,互不相扰。

邻居那边,她的对策是再多加点钱,但是钱从哪里来又成了问题。

原先一直给她寄钱的弟弟元陵来信说:自己刚办妥了台大的入学手续,从大二上学期念起。因辞职上学,没有收入,暂时不能再像从前那样方便寄钱给她了。祸不单行,素锦上街又被汽车撞了一下,所幸并不严重。上海那边,房管处又要求她退房。

各种压力纷至沓来叠加在一起,急火攻心之下,素锦的身体终于不堪重负,早年开过刀的左颈淋巴结硬核复发,终是生病了。

那些琐碎的娱乐、稍纵即逝的希望,终究如同半空中洒下的点点金纸彩屑,不过短暂地分散一下注意力,现实问题不解决,生活的阴霾依然笼罩在头顶。

无奈之下，她只好再次去信求助素美夫妇照顾孩子："我真是心中不好意思的，现在也只得仍请求你们帮忙了。"

她殷殷叮嘱孩子们："天气凉了，衣服要多穿些，不要一直在外边玩，屋里玩玩比较安全，功课学习要更进步些才好，有学问身体健康是对你们将来有益的，自己有本领，不怕没有饭吃的，像妈妈就是少了些学问……"

淋巴结病没钱看，就这么拖着，时好时坏，迁延不愈。

她深知病根儿所在，懂得心境宽裕些才能有益康复，便时常坐船从尖沙咀过海那边看看。

看什么呢？看人。她喜欢看渡轮上的乘客，他们衣冠楚楚，很有派头，男的绅士女的优雅，让她觉得赏心悦目。在这一地区活动的人大多来自写字间和中环区，收入高，衣着自然讲究，与在湾仔区渡海的底层劳动者们截然不同。

关于湾仔区，张爱玲曾经在1943年的成名作《第一炉香》里有过描述："湾仔那地方原不是香港的中心区，地段既偏僻，又充满了下等的娱乐场所。"十几年过去，时间并没有填平两个地段之间的阶层沟壑。

对素锦这样的穷人来说，哪怕衣衫寒素茕茕孑立，但能倚在船头远眺一下辽阔的海景，再回头看看近处华丽的人群，也算一桩舒心惬意之事了。

一阵冷风自海上刮来，她裹紧了身上的毛线衫。

她想的是现在的上海一定更冷，孩子们的衣衫够不够穿？

好在有素美。她一面帮姐姐办理了房屋续租手续，一面和陆姓邻居谈妥延期照顾孩子事宜，又义不容辞担起了替姐姐照顾孩子的重任。她找出姐姐的两件羊毛衫，一件给了蓼芬，另一件灰色粗绒线外套，她拆了给小庆重织了一件。

孩子们的学费、生活费她先行垫付了。

得知孩子们不忍饥受冻了，素锦的心稍稍安了一些，颈部淋巴结肿好转。她努力让自己吃好睡好，人又长胖了些，气色也渐渐好起来。既然急也没用，索性放平性子慢慢磨，和章文勋慢慢耗。

这一时期，素锦对妹妹的付出可谓感激涕零，称呼都从"你"变成了"您"。得知妹妹患眼疾，她如此写道："我是非常记挂您的身体的，像您的体质和性格沉静，会思虑，终是不会十分强健，我建议不妨请中医吃些药，目以司心，或是心火旺，也能致目疾，再有心劳、心烦、神不安，都能影响目的，希望保重为要。"

素美的性格，与其说是"沉静爱思虑"，不如说是细腻多情，这种特质在她后来与姐姐素锦二十年的来往信件中展现得淋漓尽致。

而她的长相，用今天的眼光看，则是典型的古典美人。鹅蛋脸，樱桃口，俊眼修眉，眉尾上挑，好似扮上妆的戏曲名伶一般秀逸。

半个多世纪之后，素美婆家后人修订家谱，收入了一张全家福，年轻的素美夫妇被定格在其中。素美静静站在后排左侧，即使像素高糊，也掩不住她俏丽如三秋之菊的脸庞，丈夫路临轩比她高一头，面相敦厚，一望即知乃温和宽善之人。两人站在一起，真是一对般配养眼的璧人。

可惜，没有查到素锦的照片。但妹妹俊秀如此，想来姐姐也差不了。

3

章文勋终于给素锦钱了。

1958年1月31日，在素锦来港后的第三个年头，章文勋第一次丢给了她二百元港币。素锦欣喜若狂，第二天就兴冲冲给妹妹寄了一百元，另一百元留给自己用。她希望能再多些，但不敢不识相，怕逼得他厌恶自己，以后再要就难了。

章文勋现在很少来找她，来了也是和李先生谈生意经，顶多一个小时就走，对素锦视若无睹，没什么话说。素锦只能尴尬坐一旁，怯生生地赔笑。

"我知道我现在是忍受的时候，那是应该忍耐的。有什么别的方法呢，除非我自己有本事能自力更生，经济独立。"（1958年2月1日晚与妹书）

"嫁汉嫁汉，穿衣吃饭"，家庭妇女的事业是男人，为了不失业，百忍成钢。

由香港女作家亦舒小说《我的前半生》改编的同名电视剧中，唐晶的台词正好可以为这段关系作注解："你知道旧社会男人为什么可以三妻四妾吗？就是因为女人都要靠男人养活，你一口饭一碗汤，都是因为你取悦了人家，人家赏给你的。这种依附关系一旦建立，还谈什么情感平等？"

素锦不是没有试过工作，她年少时去过曹家渡纺纱厂做工，为人母后曾到托儿所做工，在里弄开会教书，但都因收入微薄，无法负担一家老小开支而作罢。

"据1939年的《上海生活》杂志统计，上海女职员的待遇，'银行和机关里的女职员，比较好些。学校和公司，商店里的女职员，却要差些，她们多则二三十元，少则几元，怎能够用呢？就是把这些收入，维持她们个人的开支，恐怕还有些不敷，更谈不到维持家庭了'。"（胡子华《三百余封书信，一位女性二十年的光阴》）民国女作家苏青曾经说过做职业妇女太苦了，工资太低，"而且现在大多数的职业妇女也并不能完全养活自己，更不用说全家了，仅是贴补家用或个人零用而已……"

所以，抛开时代背景，单纯批评旧式妇女主观上"不独立"就太片面也太冤枉她们了，这实在是时代造成的悲剧，解放前男女同工不同酬，让她们无法实现自立。

直到1952年，山西平顺，一个叫西沟的村子里，在一位女社员多次抗争呼吁下，经过一场男女双方势均力敌的劳动竞赛，全体社员同意了"男女同工同酬，按劳分配"的原则。1954年，"男女同工同酬"被写进《宪法》。这位与素锦同时代的了不起的女性，叫申纪兰。

素锦在年轻时尝试自立受挫，深感无望之后，最终选择退守家庭，走上那个时代大多数女性所走的一条路。那就是选择一个男人，不屈不挠地追随，将后半生牢牢焊死在他身上。

而男人，对于此等女人的感觉，只能用湿手沾面粉来形容。《红玫瑰与白玫瑰》里的佟振保，对尚且受过高等教育的妻子孟烟鹂的那种厌恶又甩不掉的感觉，读来令人不寒而栗："地板正中躺着烟鹂的一双绣花鞋，微带八字式，一只前些，一只后些，像有一个不敢现形的鬼怯怯向他走过来，央求着。"

肉体的激情与新鲜感早已消失，感情也被现实耗到内囊翻上，但男为责任和面子，女为生存和子女，他们咬着后槽牙过下去，相看两厌却无法仳离，宁做一辈子怨偶。这样的婚姻令人窒息，像肛门上涂了辣酱的猫，明明厌恶，却不得不反复舔舐。

素锦料到将来即使自己单住，男人也不会给太多钱，她已经做好了过苦日子的准备。来港一两年，她渐渐也看清了一个现实：现在在香港生活的人其实绝大部分都是穷人，只有少数人稳定富有。虽然街上很繁华，汽车跑来跑去，有车阶级很多，其实汽车很便宜，二手车一两千元就能买到，有的更便宜，八百元就可以到手，而且还能分期付款。

由车联想到人，她自嘲地说："折旧率大，任何东西都是这样，我看得也很清楚。"

困顿也让她成了哲学家："当钱在有价值的时候，一分钱也有力量。"

同时，香港这个国际化的都市，也为她提供了更广阔的视野，她学会了心怀天下地分析时局，认为"第二次世界大战以后，全世界人民都在努力工作"，包括自己男人。还能从大视野回归到自身："日后一定要刻苦节省金钱，我已经是受过经济困难的，现在使我更加警惕，我一定要掌握自己的（命运）。"她反省从前的自己"愚蠢无知没脑子"，今后她一定克服面子、虚荣心，要节省每一分钱，否则还会日夜忧心。

而妹妹妹夫的节俭刻苦，他们"自己省而待人宽"的品德，是那么的"美好而优越"，孩子们应当向阿姨姨夫学习。

她如今唯一惭愧的，是没法给妹妹多汇些钱。

在得到那点可怜的却具有象征意义的生活费以后，素锦"得寸进尺"，开始筹谋怎么把孩子们接到香港生活。

1958年2月17日，她提笔给妹妹写了一封长信，描述自己当时的心态。

"我现在一点也不气了，只要他负担生活，能过就算了。也因为想穿了，我人反而胖了，身体也好了，晚上也能睡得着了，所以你不要为我担心了，好在我自己觉得知足也没有了虚荣心，随便他怎样。"

"我现在是看上去又红又白，身体很好，也吃得下，只要健康第一，即是福，穷富不在心上了。"

感情上不做奢望后，她反而状态变好了，现在一心一意只为利益计。小姑姑姑父也帮她分析，叫她别事事计较，目前最要紧的是能够把孩子们顺利养大。

在信中，她对妹妹的称呼变得更加异乎寻常的谦卑，开始随孩子们称"阿姨"："我们只有一个男孩子，不能再言上他坏了。阿姨请你一定设法代我说服他，一定要争口气……也望姨夫代我管管。我知道我们姊妹是情深的，当然你也知道我的本性的，而且我也知道孩子们的感情，对他的老子不会好的。反而对你们有感情，因为阿姨、姨夫自幼看到他们大的，而且孩子们也能知道谁是关心他们的，现在如此，将来也如此。"

忽然前所未有重视起对儿子的教育，是因为她感受到了前所未有的压力。

压力来自章文勋的另一个女人，田竹清，她目前是三房妻妾中最得宠的。

在章文勋口中，田竹清是个很会教育孩子的母亲。正室的几个孩子天天在外面踢球，花钱大手大脚，他们的母亲也不过问。而田竹清对孩子的教育相当严厉，不让孩子随便在外面玩，用钱要报数，用多少拿多少。素锦见过田竹清的大儿子一次，用她自己的话说就是"一表斯文，有教养"。

对比溺爱长大的小庆，她有了深深的竞争压力。之前妹妹在给她的信里"告状"，说小庆乱花钱，还说谎。素锦回信说有其父必有其子，说他老子到现在还是这样，他的话在自己心里要打八折，甚至五六七折。明知如此，她也不能拆穿，假意迎合罢了。这孩子的品性正"像他老子"。

有竞争就有对比，有对比就有压力。她现在担心的是把孩子们接来后，他们的表现不得父亲欢心，尤其是儿子，会被"吹毛求疵"。素锦的对策是"三管齐下"：一面去信嘱咐妹妹来信时千万别说小庆的坏话，抓紧时间代为管教要紧；

一面动脑筋想如果孩子们来了该怎么训练他们争宠；一面不住地在章文勋面前夸自己的三个孩子："我们的三个孩子都是好的、乖的，他们（田的孩子）都是虚伪的。"

双方都在博弈。

在她的攻心术下，章文勋有点松动，又见她铁了心不走，便半真半假松口说预备明年把孩子们接来，不过先到澳门居住，因为那边生活费低些。

素锦的想法很简单："随便，住澳门也好，新界也好，元朗沙田哪里都好，只要他能负担生活。"

写这封信那天，是农历除夕，又一年过去了。

小姑姑的生日是大年初一，与《红楼梦》里做了皇妃的元春的生日是同一天，怪不得那么命好——而且，她的名字也叫"元春"，可知给她起名字的人熟读红楼。插句有意思的题外话，素锦小女儿小芬（图图）的生日是七月初七，和《红楼梦》里的巧姐是同一天生日。

早晨章文勋来过，放下三十元钱，算是给小姑姑的礼，既是年礼，也是生日礼。至于素锦，他分文未给。

他心里是恼恨她的吧？住在这样有头脸的亲戚家等于是变相施压，令他抹不开面子丢不开手，若是她孤身一人便好办多了。

"二十块钱他总能凑得出吧？但我不愿意硬逼，情愿收紧放在心中，越是这样，我越记在心中。"弱者赌气的标志，是绝不流露委屈。那委屈垫在心底，就变成了底气，逼出了人最后一点倔强的傲气。

大年夜当然要给孩子写信，她为自己离家十六个月以来，孩子们所得到的锻炼成长感到高兴。

在信中她动情回忆了自己的少年时代："你们又大了一岁，蓼芬十四了，小庆是十二岁。当我在十四岁的时候，我是已懂得很多了，那时你们外祖父已死了二年了。家里的经济情形已经恶劣了，我和阿姨、阿舅、我外祖母在乡下住着，我们只吃一支长江（豇）豆或青菜等，那时也感到很快乐，原来是大家都已能知道经济不好，但是身体很康健。阿姨那时还小，这些情形我还历历在目一样，一点也没有忘记过，在十五岁时和阿姨分开，到上海来读书，一直在十七岁，才和外祖母、阿姨、阿舅住在一起。

"这些情形已经有十七年了，很长的日子了，我好像这些日子还和小时候很近，可是妈妈今年已经是三十四岁了，你想日子是过得多快呢。

"你们是我的孩子，一直在盼望你们学好，你们一样很快就变大人了，是不是呢？要学得坚强些和吃得起苦的。"

素锦还提到了两个故事，一个是《苦女努力记》，一个是《苦儿流浪记》。这两部作品都出自法国作家耶克特·马洛，讲的都是失去了父母的小孩，怎样顽强生存下来，又如何最终获得幸福的故事。《苦儿流浪记》也是电影《变脸》剧本故事的灵感来源，该电影由吴天明执导，1995年获东京电影节最佳导演奖。

素锦是想借这两部作品鼓励孩子们，困难只是暂时的，不要绝望，日子终究会好起来，妈妈一定会回到你们身边。

"我们是要非常刻苦的生活，不能有一点点奢望的，我也知道你们已很懂的了，只要能吃饱穿暖，就很好了。但你们一定要勤力学习和专心读书的，此外一个人不能以为能够读好书就算好，一定也学习学习别的事的，自己会料理自己，管理自己，弄得整洁，冷暖要自己当心，不要贪玩。"她殷殷叮嘱孩子们。

"我知道阿姨和姨夫是全心全力的照应你们，你们二人一定要敬重阿姨和姨夫的，还要听阿姨和姨夫的话。就从妈妈的体验也是阿姨和姨夫对待我最关心了。"

这封信颇有些微妙之处。妹妹很可能也会看到这封信，后半段对妹妹妹夫的赞扬是表示自己有感恩之心，而前半段回忆往事，并特意提到"阿姨还小"，是暗戳戳提醒妹妹，自己对她也有养育之恩。

字面一层意思，背后又是一层意思。

这算"情感绑架"吗?

"水至清无鱼",真实的人性从来都是一体多面,有善,有爱,有光明,当然也会有复杂,有隐晦,有盘算,有幽微的以退为进。

1958年3月,香港天气终日阴霾,有点像上海的黄梅季节。时气不好,流感蔓延,寄宿在小姑姑家的素锦不幸"中奖",头痛加浑身关节疼痛,昏昏沉沉毫无气力。

她想好好休息,但奈何香港人晚上睡得晚,早上起得早,周遭一整天都在嘈杂之中。病痛中的她,脑子开了小差:"如果像半山区城或是高尚的住宅又不同了。"

今天的我们,一提到香港半山区,马上想到的是明星豪宅。当时,半山区已是香港的高档地段,主要是外国移民居住。那里自然环境优越,植被丰富,空气新鲜,地理位置偏高,可以饱览维多利亚港的景色。

那一带的房子有着浓厚的殖民地风格。张爱玲在《沉香屑 第一炉香》里描述过葛薇龙第一次站在半山区富人住宅前的震动。

"在故事的开端,葛薇龙,一个极普通的上海女孩子,站在半山里一座大住宅的走廊上,向花园里远远望过去。薇龙到香港来了两年了,但是对于香港山头华贵的住宅区还是相当的生疏。这是第一次，她到姑母家里来。姑母家里的花园不过是一个长方形的草坪，四周绕着矮矮的白石卐字栏杆，栏杆外就是一片荒山。这园子仿佛是乱山中凭空擎出的一只金漆托盘。园子里也有一排修剪得齐齐整整的长青树，疏疏落落两个花床，种着艳丽的英国玫瑰，都是布置谨严，一丝不乱，就像漆盘上淡淡的工笔彩绘。"

香港大学正位于半山区，是张爱玲的母校。她在《小团圆》里也顺手描写了港大门前的景色："下了许多天的春雨，满山两种红色的杜鹃花簌簌落个不停，虾红与紫桃色，地下都铺满了，还是一棵棵的满树粉红花。天晴了，山外四周站着蓝色的海，地平线高过半空。"

住半山区，这注定只能是素锦不可能实现的美好向往。

小姑姑家，也不是那么好住的了。作为一个长期寄人篱下者，渐渐地，人家"势利、炎凉"起来，尽管他们已经在努力掩饰，她还是察觉到了。她懂得这也很正常，毕竟"我自己的丈夫尚且如此，何况他人呢？"

但具体怎么个"势利、炎凉"，在这封信里素锦却没有说，只是草草带过，她又补充说可能是自己过于多疑敏感了。是这样的，敏感多心的人，面对一点草尖上掠过的微风，内心都可能人仰马翻。

事实证明了不全是她多心，在后面的几个月里，人家的态度越来越不掩藏了。

真实细节应该在另一封已经遗失的信件里描述过，这可以从很多年后她妹妹素美1974年6月的信里推断出来："58年6月1日，你曾写信给我，诉说了住在小娘娘家中的内（心）积郁，我们当时听了内心难过非凡（就是今日再看此信，也使我流泪满面），也曾对你百般鼓励和劝你乐观。从吾姊介绍小娘娘的为人的确也较私利刻薄，但这也表明了世态炎凉，人心叵测的一个侧面，不足为奇。然则'塞翁失马，安知非福'，一切福分系由天命，吾姊为人忠恳，一世行善，从失意至昌盛，系天降洪福于汝。"因素美随信又把素锦那封信寄回了香港，所以我们现在看不到了。

不过话说回来，替小姑姑换位思考一下，如果有亲戚在自己家里一住就是一两年，而且还不知道要住到什么时候，因"请神容易送神难"而流露不耐烦的情绪也是人之常情。更差点的，莫说两年，两个月都可能要脸色难看。

世上唯有父母的付出大概率不会断供，其他人都有定额。

寄居小姑姑家的这段日子，素锦在当时是万分感激，但后来再不肯轻易忆及，因为没有尊严。

她无处可去，只能继续蹭住："我知道，这是不能心急的，要实行，还有麻烦和周折，不是那么容易的，那么我只能盼望神来成全了。"

也就是在那个时候，她信了天主教。很多在人生困境、绝境中的人们，都会选择去倚借一点信仰的加持支撑自己熬过去，或者，继续熬下去。

4月，章文勋又给了素锦二百元生活费，素锦连忙寄回上海。当她得知这钱只有她有而别的女人都没有，章还要管别的女人要钱时，心里暗自得意。

章这时找到了一份新差事，心情不错，对素锦格外和颜悦色。有天来一高兴又施舍了素锦三十元。素锦连忙给自己置办了点行头。

"今天他给了我三十元，我买了一双皮鞋和拖鞋。拖鞋四元五角，白鸡（麂）皮鞋十一元五角。"鞋算是有了，但"可怜身上衣正单"，夏天一过就是秋天。

她买不起成衣，便自己动手做。看到商店里内地进口来的绒线，她倍感亲切："都是祖国来的。"皇后绒一磅（1磅合0.4536千克）十元，细绒线一磅十一点五元，她买下来给自己织秋冬穿的毛衣。她说："至于衣着我并没有被虚荣迷惑，因为我没有衣服，就应当要自己动手做，我并不同人家争耀，应该要添的我才添，我看情形了，没有能力我也就不做，只要够暖，就算了（我是指冬天的）。"

"小不忍则乱大谋"，每次章文勋来，她都殷勤周旋，刻意逢迎，用假情换假意。"如果我还一门心思希望他转心，那

就是个大傻瓜。实在三个门口，他没有一个会说真话的，总是东瞒西瞒，太认真就变寿头了。"（寿头：上海话，易受愚弄欺骗的人）

心火难消，她的颈项淋巴结病又严重了，肿到了鸡蛋那么大。

随它去，有饭吃就不错了。

4

1958年九十月间，在素锦来港长达两年以后，章文勋总算是开恩给她租了一间小房子单住。他打工的公司写字间扩充了，明年要开办制衣厂，这对他来说是个利好消息。

素锦终于搬离了位于柯布连道六号的小姑姑家，新家地址在北角英皇道附近。1958年10月13日她给妹妹的信里说："而现在呢，虽则是租了一间房，而开支等用到（倒）也不小，越加在心急着盘算着，希望能达到接孩子的愿望。"

她还信心满满地说："……终是慢慢来的，现在比去年、前年终好点，他说是的，所以我想明年孩子是一定可以来了，虽然在孩子来的时候，经济情形可能还有些紧。在我想，如果稍微紧一点，一定可以过得去的，在后年他的情况可能又有进展，那么我们的情形又可以好点了，以后逐步逐步可以预算估计，归还款子了。"

然而章文勋承诺的每月三百元生活费，并未兑现，反而还减到了二百，后来又改口说再加五十元。素锦小心计算着，要把每一分钱都用在钢刃上。

她把原先买衣服的十几元预算买了布，做了些床单和被子夹里，预备孩子们来了用。就这样耗子偷米似的，每月零零碎碎买点生活用品，想给孩子们拼凑成一个像样的家。

亲戚叫她看电影她都婉拒了，受人邀请还得还礼，她没有那个余钱。也不高兴逛马路，"这里的东西真叫人爱，所以我连看都不看，免得引起奢望"。

她刻意吃得很差，因为一吃好点的就会想到孩子，心里便会充满负罪感，于是她成了所居住的377号（楼）里饮食上最苛待自己的人。

除去必要的生活开支，她现在每月争取存一百五十元——孩子们若来了，用钱的地方一定会很多。

小姑姑开始还担心她这点钱不够用，会向他们借钱，没想到素锦把生活安排得井井有条，出门穿得整整齐齐，头是头脚是脚。对比身边其他有些贫贱夫妻，为了钱弄得生活乌烟瘴气，人也邋里邋遢，小姑姑不禁对她刮目相看。

素锦自己也颇以为傲："每逢出街，人们或以为我是个有钱人，有眼有白的。"她分析那些人过得不好的原因是不会处理经济，香港这地方虽然风气不好，人容易被花花世界带偏，但自己如果头脑清楚有定力，就不会轻易被同化。

小姑姑也深以为然："一个人失败和成功都是有原因的。"

素锦对理财也有了自己初步的心得："现在我知道善于处理经济也是一种学问，能精打细算，同时耐心、冷静，不能冲动（购物）。"

"古言曰大富是命运，小富靠勤俭，虽则不能大富，也当致力于小康。我相信我以后我可能也会达小康。"

她的主要娱乐活动就是呆在家里看书。她看的大多是文艺类及翻译类书籍，这些作品既消磨了时间，也为她提供了很多启示，书里的内容常常令她陷入沉默深思，那就是该如何掌控生活而不为之所困。读书明理，几个月下来，她明显感觉到自己认知的进步。她还想读英文，但英文书太贵，因囊中羞涩暂时作罢。

在给妹妹的信中，她这样写道："简单的生活与智识是不可脱离的，有智识，即使过最简单的生活也是有技巧的，所以我有信心，我有勇气，我相信我们是会好的，快乐些吧！"

这大概就是阅读的力量。

在台湾的弟弟元陵因生活所迫，找了个夜间听电话的工作，白天还要上课，连轴转很辛苦，薪水也很少。后来不知怎么被女朋友的爸爸听说了，无论怎样也不允许他去了，愿意承担他的生活费用。还有一年零三个月就能大学毕业，为健康着想，元陵决定接受资助，但他表示这算借的，日后一定归还。元陵在信中给姐姐打气："虽然我们一家人如今所受这多苦，但相信中年以后一定不会这么坎坷，我们本都是清心寡欲的人，只要生活安定就知足了。"

素锦听了后很替弟弟高兴，叫他安心念书，他如此勤勉，日后前途必定可观。

妹夫路临轩去苏州看素锦的小女儿囡囡，发现孩子面黄肌瘦，瘦到皮包骨头，于心不忍，索性将她接回了上海，交给自己的母亲即素美的婆婆照顾。

囡囡用天真稚嫩的文笔坚持给妈妈写信，说自己想妈妈。素锦激动地给囡囡回信："亲爱的囡囡：妈妈看到你写给我的信，同时也看到你的照片。我是非常地高兴与欢喜……我知道你已经很懂事了，你说很想我，望我开心，是的我也一直在想念你和哥哥姐姐……我希望你要乖些，听阿姨、姨夫的话，我知道阿奶待你很好，如果你不乖，妈妈要不喜欢你的。你已经十岁了，要懂事和学礼貌，同时要用心读书，自己要好好做事、学好的习惯，那么我就开心了。祝你快乐！妈妈1958年7月25日。"

因长期营养不良，囡囡身体虚弱，1959年1月12日，素

1961年维多利亚港的帆船（视觉中国）

1965年从太平山顶遥望城市和港湾（视觉中国）

美去信告诉姐姐，囡囡扁桃体发炎，高烧不退，自己夜不能寐，衣不解带地看护她。

"我半夜起来给她服药、喝开水，今日热度已退，喉咙不痛，请你放心，过两天就会好的，我替她买了一斤新的红色粗绒线，替她再结一件绒线衫，还有些旧绒线也翻新了一下，替她结了件马甲，早就穿在身上了，鞋袜都已替她添换了新的。"

素锦深感过意不去："你又要工作，又要烦心，又要忙孩子的生活及各项，使你体力和精神都太消耗，我做姊姊良心上实在过意不去。

你是慈心善良的人，我有许多地方是不及你的。

你心中快乐些吧，你应当快乐，你是在为我受苦的，你不会白辛苦的。孩子大了，也会知道谁待他们最亲，我已经像在上课受教育一般的明白了。"

素美想要两块香港手帕，素锦却拒绝了这个请求："你要的手帕我是买了，但因为传说手帕寄了会感情不好，以及揩眼泪分离，故而我不寄。"无论从现实还是情感上，妹妹是她唯一的依靠，她无论如何不愿也不能失去她。

一个月后，她还是寄了，满足了妹妹这个小小的愿望。

然后便是等待和盼望，盼望章文勋"能每月给我加五十元，甚至多加些"。一直等到年底十二月，终是事与愿违，章文勋为倒账的事情正烦。

素锦不敢提要求："现在我不罗嗦，免得他嫌我麻烦，我总尽量省而已。"

她想念上海："上海的天气一定很冷了，此地很温暖，你们冷暖当心，保重身体。我一定听你让我宽心的劝告，只是我内心歉疚，以后再报了。"

"此地各商店都在忙着过圣诞节了，橱窗里都是摆饰和礼物，看了令人感觉到一年又快过完了。我只是想着明年总比今年好点。"那天才8号，但香港人已经开始为过圣诞节预热了，到处洋溢着欢乐的节日气氛。"Jingle Bells! Jingle Bells! Jingle all the way!"的歌声此起彼伏，街道两边橱窗装饰得五彩缤纷，各色礼物包装精美，堆得摇摇欲坠。圣诞树上挂着成串成串的小灯泡，闪闪烁烁如不停眨动的眼睛，让人联想到树枝间藏匿着无数只小妖怪，正迫不及待向外张望。

她如一个中年版卖火柴的小女孩，孤身穿过街巷，面容平静，眼神疏离，背后那个热烘烘的世界，驱不散她心中冒出的寒气。

她们此后将近半年的信件遗失了，两边还发生了什么事情不得而知。只知道，半年后，素锦不仅没把三个孩子接到香港，她的生活又再次陷入了困顿。

事情还要从素美写给姐姐的信说起。

1960年7月，素美提笔给姐姐写了一封措辞为难的信：

"素锦姊：有一件事想告诉你，又不想告诉你，思想斗争得很厉害，想来想去还是先告诉你不要紧，使你有所准备。就是临轩想去继续读书，完成大学的课程。这一志愿他在几年前就曾有过，当时的情况以及想到孩子们和你的境遇，就放弃了，几年来他没有再提起过。"

妹夫路临轩，生于1927年，1945年毕业于中法学校，从事英语、法语翻译工作。现在在网上查找关于路临轩的信息，其中之一是他在中法学校的毕业照。

另有一份1957年10月30日的调函，内容是路临轩由上海合营银行虹口区办事处调往俱乐部担任翻译工作。调函中提到，路临轩"熟悉英、法文，口笔译都行，兼通苏语"。此处的俱乐部即素美写这封信时路临轩的工作岗位。

让时间再回到1960年。上大学一直是临轩的凤愿，但因为要替素锦养孩子，他只能把这个念头压在心底一拖再拖。现在机会又一次来到了面前，却还是因为这三个孩子而举棋不定。这一年他已经三十三岁了。

这才有妻子素美看到这个情景，咬咬牙鼓起勇气向姐姐诉说自己的为难。

"今年他想去考，但顾虑很大，主要是经济问题。如录取，四年功夫要少收入三千一百二十元，每月六十五元的工资硬碰硬没有了。家庭全部的开支要落在我一个人的头上，我每月五十六元工资是大大的不够……作为他的妻子，反对他去读书是讲不出的。我思想斗争的苦闷，单是父母处津贴一钱也不能少。如果没有三个孩子，我们艰苦节约些，少买些东西，四年工夫很快就过去了，但照阿姊的情况，我们还不能撒手不管。他（临轩）说：'我不是不管，至少在这一年中还是给他们，一年之后视我们的经济情况再做决定，我是说到做到的，你放心好了。'

"单位报名的人数有三十几个，组织上批准了九个，临轩是其中之一，这很不容易。7月17日经过考试，他考得很好，但是否录取等月底才知，到时再写信告诉你吧，希望你不要着急，我知道临轩的为人，不会为了自己而顾不到别人的，在这一年中你和姊夫好好打基础，我不希望以后听到孩子们没有书读……"

妹妹这封信斟词酌句，努力照顾素锦的感受，"翻译"过来就是，如果妹夫去上大学没了工资，凭自己每月五十六元的工资，要养活他们夫妇和公婆，再外带素锦的三个孩子，她只敢保证能撑一年。一年以后，希望姐姐姐夫能自行承担孩子们的学费及生活费。

此前在另一封信的末尾，素美曾委婉地建议姐姐出去找工作："我总觉得你应该提醒姊夫，最好能帮你找事情做，这样你人也不会在家愁闷，自己在经济上也独立了，虽然找事困难，但不妨试试看，请不要误会我的意思。"最末一句，是怕姐姐误会自己不想替她养孩子，尽管那本来就是为人父母的责任。

素锦见信后，连忙去信表示支持妹夫去上大学。但是——她说自己现在也没钱，并在信中描述了自己的窘迫。

章文勋公司打算开办制衣厂的计划泡汤了，素锦屡次找他索要生活费而不得。他被追索得无处可逃，索性把她约到了一间豪华咖啡馆。

素锦心知不妙，每当他想甩掉她的时候，就会选个高档点的地方。

果然，章文勋一坐下来，就开始大吐苦水，说自己都不知道该怎么过下去："每次发薪都前吃后空，真不想做人了，不如死了算了。"

素锦不出声："我总不响，我也不说什么，说什么好呢？"

"如果章文勋想要对一个女人不负责任，当然是我而不是别人。对正室他有婚内义务，不会少给，最低也要给家用；对田竹清，那是他心爱的女人，就是借也会借来给她，他们的大儿子已经自立，只养她和小儿子就够了。而我呢？和他分离时间长，在港见面也少，对我的三个孩子，他根本不放在心上。他不为儿女着想的，女儿他认为养到一百岁也是别人家的人，顶多认认儿子，如果环境不好，他连儿子都不会认的，况且父子自小分离也没什么感情。"

她也看穿了章文勋这次约自己的目的："在此种局面，很明晰就是他认为我是累赘，只是说不出口叫我走而已。"

妹妹的信她也没让章文勋看，看了也白看，没用的，他只会强调没有办法。

素锦还是用她的老对策，装聋作哑。也渐渐萌生了新的想法："如果真真他一点责任也不付（负），那么素美妹，我将不顾一切，也是为了孩子不能有什么顾虑的了，什么名誉清高，没有办法之时，不能坐以待毙的。你见到此信，不要着急和为我难过，或者好转也未可知，如果不好，我想至少饭终有吃的，人是要适应环境，不能再顾什么小节的了。"这口气，像极了《连环套》中能豁出去的霓喜。不知素美看到这些话，心中该有多担心。

素锦给妹妹打气，语气悲壮："愿神擦去我们一切的眼泪，不再有悲哀、哭号、疼痛，欢乐就将出现了。愿神祝福你们，身体康健。"

三天后，小姑姑搬家请酒设宴，地点定在豪华酒楼。他们双双出席，送了一只捷克的手工玻璃花瓶，是章文勋从公司楼下进口商店赊来的。素锦苦涩地说："有钱人总是这样，我们不能和她相比，可是人情上又不能不送。"穷人结交富人，多半要赔本，这是社会交往规律。

他还是没给她钱，让她再等。素锦说："我所竭力忍耐，也是为了这三个孩子，他们能够有书读已是好的了。"

没多久，章文勋又一次远走他乡，把她一个人丢在了香港。这一次他去的是越南首都西贡，即后来的胡志明市。

素锦再次茕茕孑立，身无分文。

在台湾的大弟弟元陵毕业，跟女朋友一同去了美国求学，暂时对素锦爱莫能助。

妹妹素美来信，路临轩没能如愿上大学，这给了素锦一丝喘息的机会，但是——体弱的老三囡囡生了肝炎，孩子们的营养跟不上，但国内买不到营养品，让素锦想想办法。

60年代初，正逢内地食品物资匮乏阶段，糖油类东西比较稀缺。当时周作人就几次三番委托日本友人给他寄猪油、白糖、炼乳、罐头，甚至为收到一盒广式月饼开心不已。

素锦接到信后，马上买了食品，通过天福号给上海寄回去，天福号应该指的是邓天福银号。物品她分了两处寄，一处寄给了"公平路母亲处"即素美婆婆那里：一罐澳洲牛油，半斤福建肉松；一处寄到了山东南路的素美家：一磅虾米，一磅福建肉松。虾米和肉松是八角钱一两，这么多东西连邮费一共花去三十五元二角钱。

为什么要分开寄？这和当时的政策有关。胡子华先生在《三百余封书信，一位女性二十年的光阴》中写道："《上海海关志》记载，'1960年7月，上海海关……对供应量减少、生活需求量较多的物品，如糖、食油等准予进口，但每人每月限收取一次，每户限收取三次，每户限值五元。'而在此前，上海个人收港澳邮寄的物品，需合于'自香港、澳门寄进自用物品限量表'，素锦邮寄的油、虾米和肉松都不在其内，且由于新规定对每户有限值，于是她才做了分寄处理。"

章文勋从西贡连寄回来三封信，但每一封信都是在诉苦。说当初自己因借贷无门才离开香港，过去才发现那边因用人不当，一切要从头做起，目前归期无定。他还说，自己没法给素锦寄生活费，也理解她的处境，如果她"改变方针"，意即另择良人，他绝不怪她。

这又是一份变相的"逐客令"。

素锦把信丢到一边，走到窗前，推开那两扇窄窄的小格子，楼下的市声瞬间蹿上来。这座华丽冰凉的城市，它的繁华日日在眼前上演，却与她毫无关系。抬望眼，一轮明月高悬头顶。

她现在连哭都哭不出了。

"实在是受尽了心酸，才知人间的疾苦。我只想能吃口青菜淡饭，能够安定，不要再加重你们的负担，把子女接来，能安安定定已经欣慰非常了。可是命运偏偏乖戾，不知几时才能有转机，现在已到这个阶段了，我是不敢想什么了，只盼望吉人天相，安度这个困难的环境。"

必须要自谋生路了，否则别说孩子，自己也要饿死。

5

素锦所谋生路，无非两条。一是找工作，谋生；二是找男人，借谋爱而谋生。

素锦两条路都走了。

先说打工。她的第一份真正意义上的工作，竟然是李嘉诚给的。

素锦先是在报上找招工启事，看到报纸上招出埠保姆，合约二年。出埠，意即离开香港到其他地方，她已经管不了那么多了，只要能活下去就行，便写了一封应征信去，如果应征成功的话，自己挣的再加上章寄的，勉强够她和孩子们生活了。

不久之后，她收到了回信，让她去试工。

想当年她刚跟了章文勋时，家里也是雇着女佣、奶妈，好几个人围着她转。堪堪十余年光景，自己也沦落到去做女佣了，真是风水轮流转啊。但她顾不上自伤，而是为有了新活路雀跃不已。

可是，等她真的按信上所说的地址去找的时候却怎么也找不到，在那边转来转去，问了很多人，大家根本不知道这个地方。她觉得自己被骗了，"世界之大无奇不有"，她怀疑是报社自己做托儿登虚假广告，目的是招揽广告商投广告。可为什么还要给她回信呢？有没有可能是那个地方太偏了，她自己没找到？真是个谜呢。

此后一年，姐妹之间的来往信件缺如。但从后来信件中的"我不做花以后"这样的只言片语，以及其他蛛丝马迹中，可以倒推出，素锦最终进入一家塑胶花厂打工。

香港的塑胶花由李嘉诚的长江塑胶厂最先生产，1957年，困顿中的李嘉诚在一本英文杂志上偶然看到一小段消息，说欧美市场对塑胶花有着巨大的需求。他敏锐地发现了商机，亲自前往意大利打工，学习塑胶花的先进制作技术，回来后开始转变轨道大批量生产塑胶花，并抓住机会争取到了欧美订单，打开了海外销路，借着塑胶花生意打了一个翻身仗。他的公司营收额达一千万港元，赚到了自己创业以来的第一桶金，他也随之被称为"塑胶花大王"。

受市场影响，香港市民也开始喜欢用逼真低廉的塑胶花来美化环境，写字楼及寻常百姓家到处可见栩栩如生的塑胶花，本土需求开始增大。这促使塑胶花工厂进一步扩大生产规模，进而需要大量的做花工人，走投无路的素锦就这样进了塑胶花工厂。

这份工作她后来做到大约1961年底至1962年初。

目前能看到1961年留存下来的素锦的第一封信，写于11月26日，就在这封信里，她第一次提到了一位张先生："譬如张先生是我机缘认识的，而他却热心热肠，照顾我实际，帮助我实际，帮了许多忙，也是清清白白的，一无所求，非常同情我，犹如哥哥妹妹一般。"

这个张先生，章文勋也认识，也许素锦正是通过章文勋结识的，在章走后，两人来往日渐频繁。素锦的笔下，他颇有孟尝之风。"张先生不是帮我一人忙，许多亲戚朋友多少都帮忙，此人也是在这个世界上算少的了。不过有时约我吃吃茶谈谈天，所以人好也会遇到好人的。不能一概而论的。"

张先生了解素锦的情况后，同情她的遭遇，赞颂她妹妹妹夫的伟大，斥责章文勋不负责任。在素锦的描述中，他待她很好，说看她不像水性杨花之辈，便常约她吃吃茶谈谈天，还资助了她的租房押金及其他费用。

可以想象，三十多岁的素锦，正是帛里裹珠、风月初霁的年纪。她模样出挑，有品位、会打扮，虽拮据但不露窘相，自带上海女人特有的精致温婉。早年的欢场历练，令她更会察言观色，言谈更擅机变，谈及自己的处境时，一派楚楚可怜。这样的女子，坐在咖啡桌前，幽暗灯光打在她凄楚的面容上，俨然一幅落难佳人图。张先生怜香惜玉之情油然而生，否则不会三番五次资助她。

素锦现在的房子住不得了，她被房东赶了出来。因为那天屋里来了熟人，她正好外出，熟人在她房间里说房东家儿子儿媳的闲话，被路过的房东听见，误以为是素锦说的。素锦有口难辩，只好忍气吞声再出来找房子。

"因香港地方各物俱涨价，房租尤甚，因地产涨了，房租也跟上了，住是香港最大的开支。"

反正是一个人住，她想减少支出，便四处找小房子。但没想到找小房子跟中彩票一样难，越小的反而单位面积租金越高。最后她只能把目光投往郊外的北角，这里比铜锣湾、湾仔都便宜一些。后来终于看到一间蜗居，房租八十元。张先生听说这间房子建在塑胶厂上面，提醒她万一失火插翅难逃，让她再找，钱不够来找他。

1961年11月30日，素锦搬到了香港北角英皇道皇都大厦北座三楼M座，面积只比上海亭子间稍大一呎（香港的房子以呎计，1呎约等于0.0929平方米），每月房租是一百一十五元。因为还要付押租，素锦拿不出。

她只好开口向张先生求助。

"我与他告知情况，他又热仗助我押租和其他费用，虽则是二三百元，可是以目前我的情形，不能不说是吉人天相，所以小娘娘那边的押租，我就不去拿。"

"又热仗助我"的"又"，说明她接受人家的资助已不是一次；不要小姑姑的资助，写的是"我就不去拿"而不是"我就不用拿"，跟怄气似的，不知小姑姑听了作何感想，真是"升米恩，斗米仇"。

再联想她一年多前给妹妹的信中所言"人是要适应环境，不能再顾什么小节的了"，猜测她是不是在当时已经结识了张先生，灵敏地嗅出了对方对她的好感，找到了潜在的下家靠山，才会放出那样的狠话？

可惜张先生不是大富豪，只是个小商人，不能固定帮她，"下个月他走了，他就不能顾到我，我自己也知道，如果能找到事最好……"

一个月后，张先生去了婆罗洲谋事。婆罗洲，即今天的加里曼丹岛，位于东南亚马来群岛中部，南临爪哇海，北临中国南海。婆罗洲是一个热带海岛，常年炎热多雨，1777年，广东客家人罗芳伯曾在此建立"兰芳共和国"，有非常多的华人居住在那里。张先生去的是一个叫木山区的地方，一时半会儿回不来。

素锦又恢复了无依无靠的弃妇身份。

1962年春节前，在美国读硕士的元陵给素锦寄来了二十五元钱贴补生活，他说自己还有一年半就可以拿到硕士毕业证，到时打算和未婚妻结婚。

章文勋也从越南西贡来信，素锦很刻薄地形容他"东奔西走像头疯狗似的，想做成生意"。章在信中对素锦的状况表示忧虑着急，让她感到些许安慰，"这样还咽得下一口气，总算他还为我们在动脑筋，他说他心里难，今日之下有这种环境，为何有此种情形"。

写这封信时的章文勋一定料不到，美国人马上就要来了。当时系越南国内南北战争时期，美国介入其中，支持南越打北越。1962年2月，他们干脆把美军援越司令部设在了西贡，大量美军驻扎进来，西贡摇身一变成了时尚之都，被称为"东方巴黎"。看当时的街拍图，女郎们打扮时尚，范儿不输欧美。商机遍地，但他的生意却还是没成功，"非战之罪也"。

此时的素锦已经不在塑胶花厂做工了，小姑姑给她介绍了一份抄写的工作，按次计算，每次十元，外加管两顿饭。这份工作不固定，人家需要才来找，于是她只好东走西走，到各处帮帮手，顺便在人家家里吃个饭。

"因为此地这种帮帮手写写信的工人不好找，所以人家也很欢迎我，待我很客气，这样一来我自己省些伙食费，吃得也比自己家好。"

"做人要随机应变，不能死做，否则一处也跑不开了。"经过社会上一年的摸爬滚打，素锦既增加了阅历，又增强了信心，比原先皮实多了。

同年6月，她进阶成了一名高档餐厅的收银员。

6

这家名为特美华的餐厅位于香港跑马地，是一家印尼特色餐厅，在香港算是首创。餐厅主打印尼食品和马来食品，老板娘和女侍应生全是穿印尼的纱笼制服，所播放的音乐也是以印尼歌曲为主，目的是吸引外国人，客人以英国人、荷兰人、印度人、印尼人居多，一杯咖啡或奶茶的价钱是一元。

餐厅的投资人是新加坡和印度尼西亚的华侨，光买店面就花了大约十五万港币，又斥资十几万港币购买设备，餐具全是名贵的特别定制，还专门买来马来亚及印尼的特别品，比如有声的录音唱机。电灶、雪柜、冷气机一应俱全，都是最先进的配置，就连新买的收银机都是两用的：电和手摇。

没有电的时候用手摇，仅这一项就花掉三千元多港币。

素锦高兴地告诉妹妹："不得不说我运气真是太好了，去应聘面谈时，老板娘一见我就表示很喜欢我，立刻决定留用。"

仅1962年一年，就有约十五万人涌入香港。人口激增带来了非常多的社会问题，工人罢工、停水停电、物价飞涨。

房地产市场一下子空前繁荣，但那是有钱人的游戏，会做生意的买进卖出挣差价，不会做生意的买屋收租。剩下有点活路的行业只有裁缝、理发、饮食等服务业，这也跟当时很多裁缝、理发师、厨师都从内地过来有关，其中不乏技术顶尖者。

这些内地手艺人，一定程度上占领了也盘活了香港的服务业市场，正所谓"鲶鱼效应"。多年后，香港导演王家卫在电影《一代宗师》里致敬了这段民间历史。张震饰演的"一线天"——顶尖的武林高手，隐姓埋名做了理发师，来收保护费的小混混小沈阳，被他一拳收服，从此跟着他老老实实剃起了头。

所以在激烈竞争的用工市场，素锦能抢得一席实属不易，虽然待遇不高，但她既没有学历，又没有工作经验，年龄偏大，能有人用她就很幸运了。有这份薪水在手，她每月的房租先有着落了。

1960年代初北角英皇道近明园西街（许日彤先生提供）

在这里做收银员，上岗之前须得先交五百元现银保做押金。薪水每月一百二十元，一天管三餐饭，小账也有一份，但银钱收错要自己负责。

如果早上去店里早的话，还有面包和咖啡做早餐；上午十一点吃中饭，下午五点半吃晚饭，吃完饭工作到晚上十一点下班。这样一来，一日三餐都在店里解决，她又省下了伙食费。

店里饭菜的口味偏辣，素锦吃了好一阵子后才慢慢适应。吃辣上火，她嗓子发炎嘴里长泡，便有意买少少一点水果来吃。与健康有关的她不能省，"留得青山在，不怕没柴烧"，她还要工作挣钱呢，对身体不能不当心。

特美华餐厅于1962年6月12号正式开张，在此之前三十一名员工接受了为期七天的岗前培训。厨师是特聘的印尼人和马来亚人，所有的侍应生及女招待全部都是新人。大家在一起学习，很快熟悉起来，相处得也很好。

单纯听说话，这里简直像个小联合国，素锦首先需要克服的是语言关。

所有的侍应生全是华侨，也都会讲英文、马来亚文、国语、广东语、福建话，还有的是会讲日语和安南话，在语言方面实在是人才济济。素锦觉得在这里工作的另一大福利是可以多学些语言。

老板娘更是个语言天才，她会讲九种语言：英语、印尼语、马来亚语、荷兰语、潮汕话、客家话、广东话、国语、上海话。

店里只有素锦一个上海人，平时她说广东话，偶尔会说国语和少许英文，没想到，他们里面竟然也有会说上海话的！真是大大的surprise（惊喜）。

餐厅营业额平均每天一千多块，星期六、日比较好，最多的时候有两千块。菜单上单品一共有一百六十六种之多，名称密密麻麻，分别用印尼文、马来亚文、英文、中文等多种语言写就，再加上要牢记各种单品的价格，素锦一上来有点吃不消。但她暗暗告诉自己，这份工作来之不易，一定要珍惜，全力以赴去做。

有了收入，就可以贴补上海亲人了。尽管每月的薪水连小费一共只有二百元左右，房租倒要用去一百一十五元，再买点生活卫生用品便所剩无几，但她还是千方百计省出钱来，频繁往上海家里寄包裹。

一开始她都是通过店家寄，付给人家相应报酬。店家把东西先送到澳门，再从澳门寄出，这样可以降低邮费，从而赚取更多利润，但却谎称是从香港直邮上海，素锦一开始不知道，后来知道了这些"生意人的奸猾"，便决定以后自己从邮局寄，不多花冤枉钱了。

妹夫临轩想要自行车车胎，素锦回复他又"难产"了，等以后允许时再说。她问他们知不知道现在有一项新规：凡是手表和自行车，包括零件在内，一律不准出口国内。

这就需要了解一下当时国内的高价商品政策。

1962年初，国家先后对茶叶、自行车、酒、手表、砂糖等商品实行高价政策。之所以出台这样的政策，完全是迫于当时国内的经济环境，由于"钞票发得太多，通货膨胀"，因此"要采取一切办法制止通货膨胀"。

中央果断采取了几项临时措施，其中一条便是增加高价商品的种类。这样，既能把在自由市场上高价出售商品的人的钞票收回来，也能平衡商品供应量同购买力之间的差额。

因手表、自行车价格提高，有港澳关系的人便选择从香港购买，这其中也不乏想借转卖获利者。为了避免冲击国内市场，国家出台了香港方面手表和自行车包括零件在内一律不准出口国内的规定。所以临轩的愿望只能暂时搁浅。

素锦这封言及自行车车胎"难产"的信，写于1962年6月27日，不偏不倚，正是在上述政策实施期间。

至于另一个关于"粮食邮包不许超过两磅"的新规定，这个好办，素锦可以变通为分开几处邮寄。

6月，她给妹妹寄回布料："你说格子布已收到，那么还有一块花府绸收到没有呢?"

7月,她寄回了花生油和片糖(蔗糖制成),分别寄给小弟弟、妹妹、妹夫三个人收。

8月底,她寄回了生油和冰糖,这些比较实用。生油即酱油,两盒寄到淮海中路儿子女儿的住所;冰糖则寄给妹妹。

邮局往内地寄东西的人太多了,排着长长的队,一排半天就过去了。

素锦说:"这几日我们这里的报纸又在说粮食邮包也不让寄了,不知是不是呢?"她很担心,如果是这样,孩子们的营养可怎么办?囡囡的肝炎还没有痊愈。

10月初,她寄回了二公斤猪油,这次她是去永兴隆银号寄的。邮局人满为患,她实在没时间排队。这个月收入也不好,才拿到七十元小费,养自己都勉强,但她还是从牙缝里抠出来了钱。这些猪油,连税在内共花去港币十九元四角。

11月初,她通过南洋银行汇款一百元人民币,合港币二百四十五元,让妹妹自己买套鞋、钢精锅等生活用品。这一回她没有寄物,寄的是钱。

因素美告诉她,寄钱比寄东西更合算,可以换侨汇券——那可是宝贝。

当时内地的食品供应非常紧张,购物得凭票。国家为了争取更多外汇收入,规定寄来的外汇可以领到同样金额的物资购销凭证给国内收汇人，俗称侨汇券。侨汇券包括粮票、布票、棉票、副食品购买券、工业品购买券、肥皂票、煤票、油票等各种票证。有了这些票证，就可以去各地的侨汇商店买紧俏商品或生产物资。

素美有了外汇就有了侨汇券，可以凭券去买各种需要的物资，可谓一举两得。从那以后，素锦就由寄物慢慢转成寄钱，大部分时间每次汇一百港币，合人民币四十一元左右。

素锦也很高兴："知道你们收到钱后，可买配给的东西，我也很高兴，我心里在想，最好能每月多寄些钱回来，目前不能，大概过一时我在（再）设法寄来，勿念。"

那一年，素锦又换了一次房子。

别误解，她本来是想换更小的。

如果没有小费，素锦的月薪是一百二十元，交完房租后只余五元，几乎等于白干。不如，找个更便宜点的房子住？反正自己白天在外工作，只有晚上回来睡觉而已，这样就能多省出一点给孩子们。

她这样安慰自己："宁可心宽，不可屋宽。"

"房子能大能小，这是目前暂时的过渡时期罢了，生活越艰苦，人的上进心越强，日后基础也越稳，再也不会惧怕和担心，只要能克苦。"（1962年7月28日家书）

一冲动，她告诉房东，自己住到月底就搬走。事实证明，素锦太天真了。房租飙升的速度令她措手不及。当时人口暴涨，香港正在闹房荒。还有一种说法是热钱流进香港银行，造成了房地产热。不要说房子，就是租个双层床的单层床位，一个月也需要三十元。

在铜锣湾地段，比她原先住处还要小的房子，已经涨到一百五十元一个月，稍微大点的要二百元。她看到一座没有电梯的唐楼（旧式老楼）房子，小到只能放三样家具：一张床、一个衣柜、一个五斗橱。即便这种连桌子都放不进去的小破房子，要价要到一百一十元到一百三十元。更离谱的是，这个价钱在铜锣湾根本没戏，只能在最便宜的地段湾仔区才能找到。

再回原地方住？不可能了，房东已经光速把房子租出去了，月底之前她必须腾出来。

素锦快疯了。白天要上班，没有时间去找房源。只能靠每天早上看报纸或街上贴的招租红纸，更惨的是，连招租红纸也越来越少了，外来人口多，房子一抢而光。她只好牺牲下班后的睡眠时间出去找，疲劳加焦虑，整个人瘦了一大圈，神情恍惚，走路直打晃，像个行走的衣服杆子。

饶是如此，还是没租到。稍微像点样子的都在一百五十元以上，她根本租不起，一听价钱只能回头走掉。好不容易看到合眼的，又要她必须两三天内入住，她算算账，觉得自己住的房子还在租期内，现在搬等于花双份钱。等回去考虑一天吧，再去看时，人家就已经租掉了。

她必须接受现实，根本没有那么合适的房子等着她，该承担损失就得承担。

妹妹提议把没用的家具暂放在小姑姑家，素锦断然否定了这个想法。"你信中提议我将简单的家俱寄放在小娘娘家里，那是简直不能开这个口的，她的房子也只是二室一厅，一间是李先生、小娘娘住的，一间是儿子住的，厅内是吃饭和客人坐的，也不十分大。他们也嫌小。我那（哪）里再能讲得出来，所以还是免开尊口，免得人家对我厌恶。"

那把这些家具都二手处理掉呢？

"如果卖掉三钱不值二钱，而且也不容易卖。自己没有用的不说，衣服没处放还在其次，容易被偷掉及被蟑螂咬坏。现在是连做一件衣服也成问题，每样东西都是用钱买来的。而且香港的道德观念不像国内，不负责任还在其次，偷掉苦也无处申的。顺手牵羊的事是极普通的事。"

她感叹自己的孤单无助，感叹香港的人情冷漠。

"想想我一个人，连商量的人也没有了，现在做了餐厅的事，可以说，诈朋友也没有一个。而且香港地方现实，穷一点和没有好处给人家，连鬼也不睬你的。好在我也不在乎要什么朋友。朋友是用钱结交，才来来往往，想沾人家的光？你想也不要想，都是彼此利用。用过算数，没有什么交情不交情的。所以香港地方的风气是特别有钱是好，没有钱就得被人看低和压制的。这和国内是极端不同的。在人情上，什么事都讲手段和金钱主义的。"

素锦与小姑姑，这一段各忙各的，疏于联络。但素锦的想法更负面些："我现在六亲都断了，小娘娘跟我不过是面子上的敷衍而已。我不去，她也不见得会来看我。有钱的人是如此的，谁叫我们穷呢？"

幸亏有妹妹。哪怕被摁在犬牙差互的生活上如此这般轮番碾压，但一想到素美对自己的付出，素锦便又生发出更强的斗志。

"想起你信中的所告的事，你真是无微不至，使我感动和心中难过。目前我们的境遇都是恶劣。而你比我更甚，所以说来说去，总是自己人的好。像临轩妹夫这样的伟大，也是稀贵的了。我心中感激还在其次，而且使我内心一直在勉励自己，发奋也想奋斗。使自己坚强和有目标的去做到想有一日成功，使我有一股勇气。"

兜兜转转到8月份，素锦搬进了轩尼诗大厦8楼A座。总算没有露宿街头。

令人啼笑皆非的是，经这一折腾，白花了八九十元的冤枉钱。中介费二十元；新房子房租一百二十元一月，比原先反还贵了五元；而且搬个家一进一出，需要购置物品，又是六十元不见了。

损失大了去了，她好不沮丧。这是对自己冲动的惩罚。

这也罢了，房子还不好。面积跟之前那间差不多大，但是是西北向，夏天西晒严重。她工作的餐厅里放着强冷气，冻得半死，回到家，又热得像蒸笼，一冷一热交替之下，身体不习惯，晚上一直失眠，白天精神很差。

她心疼死了这一百二十元的房租，每天只睡几个钟点太浪费了，但不这样又到哪里去住呢？

换房还不到一周，素锦就遭遇了一次空前绝后的天灾。

1962年8月31日，她白天起了个大早，刚给家里寄完两盒生油、一盒冰糖，夜里"温黛小姐"（Wanda）就来了。

那是一场让香港人闻之色变、多年后仍心有余悸的飓风，风力是十二级。

电影《岁月神偷》，这部由任达华、吴君如主演、拿过柏林电影节最佳影片水晶熊奖的影片，讲述的正是20世纪60年代香港社会底层一家人的故事，任达华凭此片获封第二十九届香港金像奖影帝。

凡是看过这部影片的观众恐怕很难忘记电影里那令人恐

惧又心碎的一幕吧。台风将一家人赖以谋生的鞋店屋顶掀翻，为了房顶不被吹走，风雨中，爸爸妈妈用手死死抠住屋架，身子吊在半空中，下方，孩子紧紧抱着妈妈的腿，怕妈妈被狂风吹走。楼下的玻璃被刮破，一家人眼睁睁看着一屋子货品被刮飞。

爸爸大喊着："最关键的是保住这个顶啊！"

影片里，那场台风的名字叫"贝蒂"，而素锦遇到的"温黛小姐"比"贝蒂"的威力还要大，它被称为战后吹袭香港最强的台风，风力十三级，风向为北风，一小时平均一百三十三公里，风速纪录至今未破。"温黛小姐"导致一百八十三人死亡，一百零八人失踪，三百八十八人受伤，七万二千人无家可归，是香港历史上最恐怖的台风。

素锦这样描述那一晚的情景："我整晚没有睡，因风向西北，我的房间也是向西北，所以晚上的窗户震震发响，像将窗子也吹去，整个大厦都震动。我住的是八楼，很高，对面房子很低，所以更加临空，风力更大，结果是二块玻璃被风吸去，百页（叶）帘也被吹落。在1号的上午九时半到十时半，风是更猛烈，将东西挤在一块。我和房东都走下底层去，因风吹得害怕，像房子要倒一样，后来在下午三时后风力渐小，我才睡了一下。饭是在房东处吃的，这次的风，使香港人损失很大，虽然我没有损失，但饱受虚惊。许许多多的人无家可归，那天我没有去上班，全市交通瘫痪，我幸而早一天将东西寄出。不然的话，一定又要迟几天。交通的问题，新界那边，差不多都被水淹了。在香港住的问题很大，像发大风房子及地点都有关系，有钱的房子住得好，风吹也比较不受什么影响，像没有钱住的山顶木屋及旧木楼，这次被风吹楼塌人死，比比皆是。"

房间的玻璃被台风吸走，如果人正好站在窗边，那后果简直不堪设想。后怕之下，素锦得出的结论既真实又心酸："难怪房租贵，这也是原因之一。"

7

大洋彼岸的元陵来信说奖学金只有五百元，不够生活，自己正在拼命打工挣钱。他给姐姐打气："再有一年我的情况就好转了，到时候可以帮到你，请姐姐无论如何要撑过这一年。"

素锦连忙去信告诉他："我目前已经在餐室工作，你安心念书即可，勿要为我分心。"因元陵当时不方便给素美写信，便托大姐转达他对妹妹的问候，素锦对素美说："他也很牵记你们，再一年或者因元陵的情况转变，我们也许可以转变点。"紧接着又赶紧补充解释："并不是有依赖元陵之心，至少可以分些忧。"

也是那一年的9月，元陵在美国结婚，素锦出不起贺仪，只能遥遥祝福。

从朝鲜战场回来的小弟幼陵，也一直在帮素锦照看三个孩子。长姐如母的素锦对他也甚是牵念："希望他身体好转，希望他不要烦恼，等我们以后的境遇稍稍好转，也会对他好的。"

美国、香港、上海，即使分居在地球上三个不同的角落，距离也没能割断兄妹四人的血缘亲情，隔山隔海，他们依旧守望相助。

章文勋也有信来，不过满纸皆是垂头丧气。他封封信老生常谈做生意的艰难，自述境遇恶劣，华侨在西贡处处受歧视，工厂因资金链断裂而倒闭。

他颓然道："我不知道我的运气为什么如此坏，刚能有一点希望的时候，又有意外之事发生。我的运气完了。"

对这种说法，素锦持观望态度："是否是实，也无从得知。"就算他是泥菩萨过河，素锦也照拜不误：你摆烂，我就耍赖。"章文勋的事，就这样子，我也以拖拉方式，拿一个钱是一个钱。"

章文勋明确告知素锦，最好自己找一份工作，不要指着他养。但素锦却把已找到工作的事瞒得铁紧，她如此回信：

"找工作也是要人事和机会相巧的，我英文程度不高，即使能找到工作，做也是薪水小的，我不是不肯做，也是要讲运气的。"

素锦对素美解释为什么骗他："因为他如此的待我，我何必现在就告知他，如果一旦告知他，我又岂能保证他的老脾气不犯，知道我有了工作了，他一点儿也不管。"

况且，这份工作还做得如履薄冰。

"我近来工作纯熟，但总是战战兢兢的，巴望没有过错，我心情可以平静一些，所以我非常准时地去上班，宁愿多做些时间，是好是坏，人们是有眼睛的。"

她唯恐被寻了错处辞退，因此拼命表现以获取老板信任，终于顺利度过了三个月的试用期。

店里纪律是迟到一次受训，两次就辞退。为此素锦每晚都睡不踏实，怕第二天睡过了迟到，夜里要惊醒好几次。

她每日工作时间远超十二小时。准时上班，下班后主动留下加班，每晚十一点半交完账才能出店门，到家时已是凌晨，累一身臭汗。此地夏令时限水，只有下午四点半到晚八点半供水。回到家水早没了，只能简单擦洗一下拉倒。

为了留住这份工作，素锦对老板夫妇唯唯诺诺，他们向她吐槽其他员工工作不卖力或不懂规矩时，"我是唯唯是听，也不多讲的"。下午店里不忙的时候，她会被老板娘叫去跑腿，干这干那，一口气都歇不了。精力不济，每天下午四点都得喝一杯咖啡提神。

因劳动强度大，店里没有一个员工不喝咖啡。

然而就算大家如此努力工作，也很难换来老板娘的满意，她脾气很臭，稍不留神就要骂人，每周都有人因受不了而离开。这样的高压之下，为了生存，员工之间也互相倾轧、冷嘲热讽，店里弥漫着紧张的气氛。

老板娘一开始对素锦还算客气，后来渐渐"一视同仁"了。素锦经常被不分青红皂白地、大声咆哮着骂一顿。

"这个老板娘自以为是世上最聪明的，别的人都是笨蛋，同时也最会看不起人，自以为她是高贵的，使人引起反感。我真想回掉不做，可是目前的环境……"

一想到嗷嗷待哺的三个孩子，她只能忍气吞声做下去。

"真希望有一天能自己有房子，不受气，不受威胁，生活能安定。做了三个多月工作，我也学到些，看人的百态，所以心中一直在有一种信心，我一定要到达愿望，就是绝不气馁。"

有一说一，打工虽苦，但素锦的经验和见识也在飞涨。做餐厅收银员的经历既让她充分体会到香港社会"赚钱难"的残酷现实，也让她在金钱观上深受教育，即有钱人的钱都不是白来的，也不是白花的。

"华侨都是辛勤苦劳的工作，即使大资本家也是一钱如命，因为赚钱是难，所以每个人都是这样的观念。"就拿店老板来说吧，他们非常注意成本的控制，进货既要质量好又要价钱便宜，这样才能保本保值，所以他们的算盘打得很精。

再说顾客，她眼中所见来吃饭的顾客，不论是英国人、荷兰人、印度人、印尼人及其他华侨，这些人不能说没钱，但他们也算得甚精，点菜时不会乱花一分钱，对服务也很挑剔。每逢洋人来吃饭，大家都打起精神不敢怠慢，有时候甚至是老板和老板娘亲自接待。

会挣也会花，这就是有钱人和普通人的区别。

在孩子的教育理念上，也让她受益良多。

餐厅老板姓郭，对下人很和气，没什么架子，结交的朋友也都是上流社会的，在素锦眼里他是一个上等人。老板娘却精明强干，不太好相处。这夫妻二人一个唱红脸一个唱白脸，管理配合得蛮默契，就连教育孩子也很有一套。

他们有两个儿子，小儿子只有六岁，但已经看得出来相当聪明，小小年纪就很会看眼色，会讲英文等多种语言，很有音乐天分，这自然和教育环境及条件有关，一般人比不了。

真正让素锦意外的是老板的大儿子。

大儿子虚岁十八，放了暑假父母就训练他在店里做各种工作。他一口英文讲得很溜，会做很多事，管唱片录音，在水吧（酒吧及咖啡的部分）承担洗茶杯、倒咖啡等杂务，素锦下班时他接管开单、收银工作。和其他工作人员一样，每天也要做足十小时，父母并不因为他是"少东家"而让他少干。他跟员工一样领工资，一天只有两元，平时的零花钱都是从这两元钱里出，父母不会多给他一分。

这种教育方式让素锦很受启发，她反省自己，方觉得之前对儿子太纵容了，便专门去信给他讲老板家孩子的事情，让他跟人家学学，从小做事要有担当和打算才行。她这样训诫他："不是一个人生在世界上糊糊涂涂，吃吃睡睡就算了。一个人尤其是在少年时代要发奋和学习各样东西的，如果小弟预备不读书了，试问他有什么志向和计划呢。做上进的人得样样学和勤力做，尤其现在是求学的时代，最低的限度也得要将自己的功课学习好，才对得起自己。大人们劝告你，也并不是为大人自己好，而是为你将来的前途。小弟的脑子，得醒醒了，不能只顾目前而要顾将来的了。将来到社会上去你就知道了，也会懊悔自己为什么在那时不将书读好的呢！"（1962年7月28日家书）她只恨自己不能回到他身边亲自教育，但隔山隔水，鞭长莫及，只能在信中苦口婆心几句罢了。

其实，论起教育孩子上，真正苦的人，是素美。

"为了我和孩子，你太苦了。"

这是素锦在1962年的6月27日凌晨两点钟，给素美信中的一句话。

素美已经发了整整十五天的烧。纱厂女工作息本就不规律，要倒夜班，下夜班后又不能好好休息，还要赶着给三个孩子做穿的，"一支蜡烛两头烧"，终于积劳成疾，病倒了。

素锦劝她减压："为了孩子的衣着一分钟也不停的工作，我内心感欠之甚。望你暂停，休息为要。衣服不要多做，宁愿补补缝缝，有得穿就算了，不要多操劳了，在我们最要紧的是康健为第一，其他当然也是重要，不要急急乎的赶着做，一停也不停，人太疲倦困顿，精神不够，就影响抵抗力了，望你无论如何保重之要，切记切记，否则为姊心中更难安。

"临轩也是如此，为了我，加重了你们的担负，恩情高于天，为姊妹内心祈求上苍佑我们一家，尤其是你们，保佑我们平安，趋于顺境，天佑善人，使我们一家顺利好转，现在只能耐心为要。"

何止是累身，简直是心力交瘁。素美的信件遗失不全，但其中有好些都是跟姐姐诉苦告状。素美曾经用宠溺而无奈的口吻，描述着这三个熊孩子的秉性。

听话的孩子都是相似的，不听话的孩子各有各的不省心。

老大蓼芬，"人长得高大，十六岁了，一点不懂事，糊里糊涂，家里弄得一塌糊涂，衣裳往往积了一脚盆还不洗，结果总是拿出去叫人洗。而且忘性很大，姊弟二人时常要吵架，相互甩东西，抛得铅笔坏了，铅笔断了，横竖坏了再买，只要记一记账，没有钱就向我要，当我开着银行能取之不尽用之不竭的，讲讲她就嘴翘得老高"。

蓼芬对素美说："阿姨，我随便啥个事情都不急的，别人倒代我急死，天塌下来我也不急的，所以我胖，一晚能睡到大天亮。"

素美说："这孩子就是这样无忧无愁的，真使我羡慕这种性格。"

老二小庆，"章小庆是个野孩子，因为没有人管他，读书也不用功，贪玩，只知吃好，姊姊的话不肯听的，而且非常虚荣，买东西都要好的，球鞋要穿出国货的，茄夹衫要拉链的，否则宁愿不要，一气就跑，衣服大些不要穿，对东西又不爱惜，东磨西撞的，新衣上身不到一星期就破了"。

老三囡囡，都十来岁了还一直尿床，脾气最坏。"囡囡也像哥哥一样虚荣，小姐脾气十足，孩子们大了，爱美了，所以有种地方不得不满足他们"。

他们穿新不穿旧，旧衣服一丢一大箱，卖的话一斤只值三分钱，想利用它们做点别的，她又没那工夫。扔了可惜，不扔心烦，"我只会对着它们发呆"。这句很传神，小女子面对一箱子破衣烂衫的无奈愁容如在眼前。

"三年来临轩没有做过衣服，自己穿的衣服都是打补丁的。"布票全给了这几个讨债鬼做衣服，不够的话，还得再出去东凑西借，他们只好委屈自己。

饶是如此，还是摆不平。他们想先顾蓼芬，临轩给小庆讲道理："你现在还小，阿姊大了是要漂亮了，应该多做衣服，你就将就些吧，等长大，姨夫的西装都给你穿。"但一转身还是给他买了一件拉链夹克衫，花了八点七六元。

蓼芬自己不洗衣服，把衣服送到外面洗。临轩说："不洗就不洗吧，功课这么忙，只要她身体好就行了。"

每周末都给他们做一桌子菜加强营养。临轩说了："只要不生病就好。"他主张孩子们要吃好，只有吃好才能身体好学习好。

之前素锦素美的大阿姨也在上海帮忙照顾孩子，怕这三小只饿着，三角五角一只饼，在当时不是小数，也要排队买来给他们吃，甚至几元钱一只的面包也给买，真是不当家不管柴米贵。

素美说："我们不是资产阶级，这个吃法明天还过不过了？"

大阿姨埋直气壮地回答："人家想买还买不到呢，吃了好！"

再加上临轩支持，大阿姨买起来更加有恃无恐，素美没法子，只好由她去。大阿姨在上海时，一家人一个月的生活费至少要花二百块人民币。谢天谢地，她回丹阳了。

但"由俭入奢易，由奢入俭难"，孩子们的胃口已经被养刁了，只好继续富养下去。俗话说"半大小子，吃穷老子"，这三个宝贝正是青春发育期能吃的时候，素美夫妇勒紧裤带，让他们吃！

而那时的素锦，还无法按时寄钱给他们，全靠素美夫妇自掏腰包。这就有了后来素美的那封言及临轩要去上学，家中收入锐减，她快撑不住了的信。

每个星期日他们把孩子们接到家里团聚。素美清早出去排队买菜，临轩回家帮她做饭。孩子们吃现成的，小庆什么也不会做，蓼芬洗个碗还"蟹手蟹脚"的。两口子忙忙叨叨，能在十点睡觉都算早的。

对于丈夫，素美充满了感激："临轩待孩子们如同自己亲生一般，这一点我非常感激他的。"

生活上照顾的辛苦先放一边，最苦是养母难做。素锦常写信叫素美对孩子严厉一点，说知道她对他们视若亲生，但也不要太由着他们。素美却这样诉说自己的为难："他们错了不肯认错讨饶，说不得一句重话，否则就不来见我，不理睬我，使人气得发抖，火冒百丈高，不是自己养的打不得，他们不打已如此，打了更见恨了。"不管教不负责任，一管教人家就记恨，好像《红楼梦》里宝钗劝平儿那句"素日你的好处，岂不都是假的了"，真是怎么都不是。

和孩子们朝夕相处多年，素美以自己对他们的了解，劝姐姐认清现实："所以你对孩子们不要抱很高的幻想，他们还小，不懂事，要好好的培养他们，要想依靠他们还早呢。"

把时间的指针再拨到1962年6月，那一年，蓼芬已经十八岁，明年该考大学了。

素锦鼓励女儿："蓼芬能考取大学是最好，现在的社会进展是以资格而论的了，凡是没有专门的技术和高深的教育，以后要在社会上谋进取实在是太难的了，而且在生活上还要会有经济学问，否则一生只能庸庸碌碌是太实在了。"

但素锦也做好了两手准备，如果蓼芬考不上大学，就把她接到香港来。

她想好了，蓼芬的路费让婆罗洲的张先生资助，"如果我再去信详细说明，我想他或者可能会肯的，因为实在是困难和正当用途。生活费，我们当然没有理由去请求人家帮助。我们可以找事做，不过苦些。但至少清白。""帮急不帮穷"，作为一个需要帮助的人，素锦努力保持着头脑清醒。

再去求餐厅老板给蓼芬一份工作，工资少点没关系，先给口饭吃就行。至于住房娘儿俩好说，一起挤挤就是。这样一来房租还是付一份，却挣回两份工资，多挣的钱寄回去作为小庆和囡囡的生活费，可以减轻素美的负担，不能把人家拖垮。等情况稳定了，再把那俩小的接来。

最重要的一点是蓼芬大了，带在身边可以看顾并指导，不致因缺少管教而变坏。

同年12月，接到求助的张先生说了，如果大女儿小女儿两个孩子来的话，他愿意负担一年的生活费。

既然章文勋指望不上，那她只能凭一己之力了。

从主观意愿上来讲，素锦从来没有放弃过自己的任何一个孩子。她一直在为了全家团圆而努力。

钱，一百港币一百港币，源源不断地寄回上海。

"所以我在想，一段路走过了，再走一段，境遇也不同，没有办法之时，也得另找出路。不必多忧了，晚上睡不着，明天的精神不好，做工作就得勉力，现在只能自己保重了。"

好好睡觉，明天爬起来又是好汉一条。

8

那一年，香港又发生了一次天灾。

这座城市遭遇了五十年一遇的大旱，1962年年底到1963

年中，香港整整九个月没下一滴雨。

香港三面环海，听起来不缺水——它不缺海水缺淡水。淡水江只有一条细细的香江，大多数时候港人靠天喝水。为了储存更多的雨水，港英政府自1960年开始兴建船湾淡水湖，可惜尚未建成，香港就遭遇了1962年至1963年的跨年度大旱，山塘水库内用水只够港人饮用四十多天。

素锦在1962年6月曾经提到过香港限水，说是下午只有四时半到八时半有水。她一定不会料到，后来几个月，供水会从每天的四小时，逐渐变成每四天供水四小时、每四天供水两小时……直至每四天供水一小时。

除了严苛的供水时间限制，水务署还要求市民每两周洗一次头。为了让学生少出汗，学校甚至停了体育课。街道上，人们排着长队等水，常常接水变成抢水，斗殴事件时时发生。

"月光光，照香港，山塘无水地无粮。阿姐去担水，阿妈上佛堂……"

水荒，成了一代香港人的噩梦。

网络上还能搜到歌神张学友描述幼年缺水时窘状的视频，表情夸张，配上粤语特有的节奏感，莫名有种辛酸的喜感："当时好惨，我记得当时很少有得洗澡，多数是用一个盆子，用盆子装一盆水，洗完脸就洗手，洗完手就洗脚，然后再用水搓一搓身子，搓完身子就算洗完澡了。因为我们当时住八楼，旧楼没有电梯，一没有水，我们八楼更惨。你也听过楼下开水龙头了吧？水来的时候一定是下面先有，到我们的时候，滴滴滴滴滴，想要装满一个漱口杯都很困难……"

香港歌手许冠杰还创作过一首《制水歌》，"制水"即限水：

又制水真正受气

又制水的确系无谓

又制水今晚点冲凉

成晚要干煎真撞鬼

OH！真苦透呀老友　听朝早啲起身

揾定水桶半打　装多啲水乜都假

水紧真真冇修

快揾多啲水啦老友

莫水真阴功　请保重

又制水　夜街你都无谓去

又制水　拍拖都冇话厘味

又制水　妹佢怕我周身一阵除

成晚要干煎真正悲

MV里，只见他卖弄着精壮的胸肌腹肌，边洗边对着镜头放声高歌，只一个动作：搓搓搓。一开始还在大浴缸里、淋浴头下，后来转成小澡盆子里、小脸盆里，最后夸张到拿着喷壶往身上一点点喷水，令人捧腹。艺术来源于生活，这首歌太接地气了，用喜剧调侃的方式演绎出那段岁月中香港人的苦难用水史。

万般无奈之下，香港同胞向内地求助。1963年5月，中共中央迅速做出决定，在中共广东省委的特殊安排下，港英当局派巨轮进入内地水域，到珠江口装运淡水，深圳水库在自身用水也极度困难的状况下，每天免费向香港载运两万吨饮用水。

饶是如此，水仍然不够。同年12月，周总理指示："要不惜一切代价，保证香港同胞渡过难关！"这才有了东江引流入港的工程计划，简称"东深供水工程"。

在极度困难的三年自然灾害时期，国家还是拨出了三千八百万元的专款，全力以赴开始建造东深供水工程。

但对那时的素锦来说，闹心的除了缺水，还有失去工作。

那年6月，在老板娘的又一次无端羞辱下，素锦忍无可忍，愤而辞职。

"我已受够了一年，再无可留恋下不做也罢。"

回到斗室，她握着拳头给自己打气："一个人，不会饿死，做人是坚韧的。暂时在家小休，再做道理，等精神养好，人的环境会转变也未可知，望大家安心。不要担心，有办法的。"

是的，终归会有办法的。

她的办法不过是找张先生帮忙。

9月，蓼芬落榜了。原本预备把她接到香港来的打算，因素锦的失业已经搁浅。素锦安慰她，不读大学也不是羞耻，只要立志上进，懂艰难知做人，识勤俭有品德一样的，先跟着阿姨学学做家务。

小庆初中毕业之后不想上学了，素锦当然也无力接他来港，即使接来，以小庆目前的心智和个性，根本吃不了这边的苦，适应不了竞争激烈的社会，还不如就在上海好好学一门技术，锻炼锻炼。

现在最愁的是老三囡囡，她考上了初中，但学费素锦拿不出。好在张先生让她报下预算，学费及膳宿费他来资助。

"张先生"，这三个字时时出现在那几年的信札里，素锦对他的感激与仰慕，隐藏不住而泄于笔端，就像一个情窦初开的女中学生一样，对有好感的男生做不到忍住不提。

在给妹妹的信里，素锦描述了张先生其人。

此人其貌不扬，矮矮胖胖。年幼父亡，十二岁即入呢绒行学生意，连小学都未念完，全靠自学成才，英文居然也自修得不错。同外国信札来往，接头生意，都是他自己亲力为之。

素锦对张先生的评价很高："虽生意人，但人讲信义，性情敦厚。虽貌样中庸，但品性善良，广交朋友，也毫无骄傲之态，与朋友交，有困难求之，力尽所为。自己节俭朴实，作风如此，可谓善良人矣。"

张先生在婆罗洲挣的都是辛苦钱，甚至是在用命换钱。

他所在的不是经济发达的沿海地区，而是经济落后的木山区。因交通不便，每次回来都需要步行，再加上婆罗洲经常下雨，路上泥泞难行，有一次在回来的路上不小心滑倒，摔坏了手筋，留下旧伤，好长时间连个提包都拿不动。

他自述今年已经遇险两次。一次是在河里翻了船，幸而拉到一根铁索，侥幸不死；另一次也是在水上，船尾破损水流涌入，船马上就要沉了，在这千钧一发之际，他看到船尾有一只空油桶，立即想到油桶是能浮在水面上的，便急中生智，把油桶拿到了船头。不想这一下化险为夷，船尾变轻后开始向上翘起，水不再涌入，他方得以苟安，后被过路船只救起。

张先生认为自己能多次绝处逢生是因做人心善，故冥冥之中得上神护佑。素锦也认可"天佑善人"，去信问候。

张先生的人品，以及在他身上发生的故事，也让素锦的心灵受到荡涤，她决心要做一个像张先生那样品行高洁的人。"依我自己，我也不知今后如何机遇，但心中明朗，立心向善，从'不计算人'以行之，盼望能改善。人不能断定

'祸福'"。

"人比人得死，货比货得扔"，一对比自家男人的品行，素锦便觉得浊气翻涌，忍不住常去信劝勉章文勋："做人应当重信义，为人不能势利骄傲，否则一旦势败，人皆讪笑避之。"

素锦对妹妹说："我常对章谆谆劝之，也无非敦品力行，听不听由他，竭力希望他如人一日好，做人之道要慎重。……如果他再不明事理，今后仍一贯如此，那么人自作孽，又复我多言乎！"

她心灵的天平，已经逐渐向张先生倾斜。

然而，没有早一步也没有晚一步，就在这个节骨眼上，章文勋回来了。

和章文勋一起回来的，还有一个坏消息，就是他在西贡的生意失败了。已被美国人占领的花花世界，并没有成为他东山再起的福地，在那里，他反而受尽歧视和排挤，几年挣扎，一无所获，只好背起空空的行囊，黯然返乡。

回来面对的第一件事，就是他最得意最宠爱的女人田竹清，要离他而去。章文勋再不舍也只有干瞪眼，谁让他给不了她安稳生活。

田竹清是个狠人。

她当初带来的大儿子已经可以自立，她把跟章文勋生的儿子送了人，然后挥一挥衣袖，跟另一个有钱人一走了之。

　　这真不是一般人能干出来的事儿。

　　迥异于素锦的苦熬与苦耗，此人行事机变而作风决绝，关于她，实在是值得另起一部书专门作传，她身上的故事感比素锦浓烈得多，惜乎所知甚少。

　　章文勋跟大老婆感情历来不好，素锦言称大老婆为"老太婆"，老太婆掌握着家里经济命脉，对章文勋非常悭吝，章文勋身上的衣服都是十年前的，想买身新的，从老太婆那里拿不到钱。两人的关系早就降至冰点。

　　现在，他的身边只剩下了素锦，只有她还肯接待他。想起自己流落在外的小儿子，章文勋屡屡在素锦面前号啕大哭。他来找她，拿不出一分钱来不说，每次出门，还全是素锦付账。

　　眼前的男人，让素锦心里泛起一阵又一阵的厌恶："我虽不是势利，因他落魄寒酸而看低他，但这样等下去，等到几时呢？而且他为人阴沉，不问他不讲。想到他过去种种令人愤恨（的行为），看他落到如此地步又可叹。我总感到他为人薄情寡义，性情已生成，即使一旦重振，我看他也不见得会特别对我们好，最重要的一点即是他对我的儿女及亲人没有一点感情，我们的事好像不关他的事一样，因此我常常寒心……"

素锦也动了离开他的心。

辞职以后，素锦一直在找工作。但随着香港人口越来越多，找事也越来越难了，像素锦这样的人最尴尬，虽说认识几个字，但没有一技之长，年龄又大，连佣人的工作都找不到。有钱人家要找的佣人，统一着白衫黑裤，一条长辫拖在脑后，装扮跟电影里演的一模一样。既要会烧广东菜，又要会熨衣服，而这些她一样也不会。

物价也越来越高，比之三年前要高出一半，以前一个月生活费需要两百元，而现在三百元都打不住。素锦手里没有积蓄，生活眼看着又进入了莫比乌斯环，即将回到当初的境遇。

丹阳的大阿姨捎信来，想要让素锦的小姑姑接济接济。素锦为难好几天，硬着头皮去了一趟小姑姑家，那天小姑姑的母亲五奶奶也在。几个人坐在一起闲聊，不知怎么的，正好谈到大阿姨，素锦乘机转述了她的请求。

不料，话音未落，就被五奶奶劈口拦阻："亏这位大阿姐想得出，救急好救，救穷难！"

小姑姑和李先生不约而同地不接腔，不搭话。

素锦讪讪地，心里刹那间升腾起说不出的滋味，怪怪的，仿佛自己也和大阿姨是一伙的。

从小姑姑家出来，天色已不早，街边的路灯一盏盏亮起，她一边走，一边看着路上自己的影子。走在灯下的时候，影子缩短缩小，稍微走远一点，影子便拉长变大，时大时小的影子陪着她一路走回去。陋室昏暗的灯光下，她环顾周遭寒酸的物件，忽然间竟然倍感亲切，又有一种说不出的凄凉。

她感到自己又多心了，也知道并不是多心：他们刚刚说的那些话，何尝不是捎带脚说给自己听的？

过了好多天，她把这件事写进了给妹妹的信里，说大阿姨把希望寄托在小姑姑身上，真是"做梦"。

现实如一堵移动的墙，渐渐迫近她的鼻尖，让她感到窒息。她痛定思痛，不再执念于把大女儿蓼芬接来了，"蓼芬来香港，很容易走上歧路，我自己已经苦了多少年才想明白，没有地位、没有名义的人，轮不到经济和权力的一切权利，因此不想孩子再走我的路，做人家的小。虽则讲现实，要以经济为重，但有了钱有什么好呢？容易作恶而不自知，养成骄横不可一世的态度，倒不如将来找个人青菜淡饭、同甘共苦的好"。

目前把孩子留在上海，才是对他们好。

"从信上看到你们的生活虽然并不舒适，但能够安定不烦杂，对孩子们来说比在香港好。在香港想过得安定舒适，孩子还想受教育，连租房在内一个月一千块钱都不够，这还是普通的，有工人的家庭开支到了两千块。"

她只剩下一件事，努力去赚钱。

男人男人靠不上，他自己尚且自身难保；亲戚亲戚靠不上，和小姑姑的差距令她自惭形秽；她也没有交到朋友，"人说香港是沙尘地无情水，只拍有钱人的马屁，人穷连朋友也会没有，即使有朋友，也只是讲吃讲玩，你来我去，要想白吃人家，背后臭得你要死。我是知道的"。

来这边七八年了，她始终如浮在水面的一滴油，无法融入。索性，"我看淡了所有的人"。其实，这"看淡"便是适应的第一步。

这里既已成无依无靠之所，便没什么可留恋之处。

她想到了离开，出去找事做。

与其在这"吊儿郎当，不如走吧!""虽则是苦，我也不顾一切的了"。

"素美妹，我常想，一个女人能够嫁了一个丈夫偕老是最好的，但各人各环境，以我的情形在香港找事太难。一个人的生活尚且难，如果我再拖延下去，势必两败俱伤。你们的经济环境越来越不好，情绪低落，这会影响很多人，你、临轩、幼陵及三个孩子……长久欲你们负担，实非良策，辜负你们。"

1960年代佐敦道码头东望佐敦道和广东道一带（许日彤先生提供）

去哪里？当然只能是婆罗洲。

去婆罗洲，在某种程度上就意味着是抛弃章文勋而投奔了张先生，所以这个决定多少有些"铤而走险"的意思。深思熟虑后，素锦还是选择破釜沉舟、豁出去一搏："我不寄钱回来，良心不安，要拖累你们，连元陵也要拖累。要变也是万不得已，我心非情愿。但要顾大局，一旦变后我也绝不反悔，所以后果我会自负，如果走了，章日后好转，我全功尽弃，也理所当然（认了）。"

她算了一笔账，过去的话每个月可以固定给家里寄二百五十至三百元港币。下一步等稳定一点，自己再攒点养老钱，将来回上海生活。

她写信给张先生，透露自己要去婆罗洲的意愿，现在就等他回话了。

"那位张先生要不要我去，还不能有把握。"

"我即将四十岁了，也不再想嫁什么人，也不会对人发生情爱，乃是我应当利用自己去创造新生活。"

尽管她忐忑不安、反复撇清，但张先生，仿佛是一束光，素锦正不由自主向着那束光挪步过去。

如果他同意帮她找事，接下来就是申请护照了。她等待着，盘算着尽快登上去新生活的船。

张先生如何回复不得而知，素锦未曾提及。只知道两个月后，素锦通过南洋商业银行给妹妹汇出了一百五十元港币，并特别说明这是远在婆罗洲的张先生捐助囡囡的学费膳宿费。对于素锦的想法，张先生有自己的顾虑。

如果顺利登船，她的人生就将是另外一个故事了。也许，她会另择木而栖，和张先生成为婆罗洲一对神仙伴侣，相濡以沫走完余生，这是最幸福的结局；也许，他们并没有在一起，她只是一个受恩的人，在那儿勤勤恳恳打了一份苦工，挣的钱按月寄回上海养大孩子，直到干不动了最后告老还乡；也许，她过去之后很难适应那边的恶劣环境，继续在困苦中挣扎；也许她会遇到其他什么人……不知道，不知道，那些仿佛是另一个平行时空里的故事，有无数个版本。

她最终还是没能走成，继续留在香港过着清苦的生活。

9

20世纪60年代初的香港，除了中环洋行写字楼的小姐，大部分女性都打扮得跟国内一样朴素。

虽条件有限，但素锦有自己的扮美办法。衣服颜色多选黑色、素色系，以浅灰、深蓝、咖啡等基本色为主，就不容易显得过时。做新衣服太贵，单旗袍一件就要十九元，夹旗袍不滚边二十八元，稠夹里短袖衫也要十二元，好衣服则要差不多八十元，她就把旧衣服都悉心保养好，香港那几年流行短衣裙，她便把从前的长衣长裙叫裁缝改一改，两元一件，一改好几件换着穿。旧衬衫不丢弃，用来做睡衣。

实际上，在香港二十年，她从来没有在穿衣打扮上宽裕过。

但有了自己的穿衣秘笈，不管什么年代，素锦永远都能保证自己体体面面出门，不露寒酸相。

1963年10月，她认识了一位方太太，也是来自上海。方太太是个很不会用钱的有钱人，一个月家里的开销足有两千多块，但自己没几件衣服，孩子们总是穿得敝旧，看起来还不如收入几百块钱的人家。素锦分析一是因为她不会打理支出，二是因为她品位差不会买。方太太还总抱怨钱紧不够用，素锦冷眼旁观，禁不住发了句有俯视感的感慨："我在想，这是叫作'比上不足'，但没有想到'比下有余'的一句。"

她用文字向妹妹诉说自己的生活感悟："所以勤俭持家如至宝。我不眼热人家富贵浮荣，这些多是过眼云烟，多少人以前前捧后羡，现在落魄得住木屋的不知有多少，活得不如我们的还有很多，有的不善处理，好饮好赌，表面上有一个好职业，里面欠了一身债，一旦顶不住穿帮，人人唾骂，这是香港的常事。

"我虽然默默无声，内心却在不断磨练（炼），一心向上。

所以我告诉你素美，现在世上报应很快，平时谨慎善心，不虞有阻逆的，说不定再过二年我们一点一点会好转起来的，所以我不羡慕人家，各有各命，以后我们大家都会好的。我现在拖累你们，说不定以后善人有补报。"

妹妹素美来信宽慰她："我们都很好，请勿念，希望你多保重身体，无益的成药不要多吃。的确在香港穷人看不起医生，但也不要疑心自己有某种病，心理作用有害。只要性情乐观开朗，即使有病也容易好，至少不会发展严重。自己尊重为妙，在异乡客地，少亲少友，生病是最痛苦的事，想得开些，孩子们就是这样，你也不用生气，我们好着总不会亏待他们的。希望你自己有工作做就好了。"

被现实折磨得苦不堪言的章文勋，终于得到了命运从指缝里漏下来的一点点怜惜。

1964年，快过年的时候，他做成了一桩土地买卖，得到一百美金的佣金，合港币四百元。

他自己只留了四十元。这四十元，首先要给自己买双新皮鞋，现在脚上的这双，因为几年来东奔西走跋山涉水，已经残破不堪；剩下的钱，添置了两件背心及几双袜子，他的内衣袜子都破了洞。

剩下的三百六十元，他大方地全给了素锦，这在以前是根本不可能的事。他还让她寄一百元给上海:"让他们买点东西吃吃,也算是我的心,告诉蓼芬、小弟、囡囡:'望你们不要嫌少,总比没有好。'"总算想起他还是上海三个孩子的父亲了。

被田竹清一脚蹬掉的章文勋,这时再看素锦,颇有点"蓦然回首,那人却在,灯火阑珊处"的感觉了。

大年初一循例要给小姑姑送生日礼,小姑姑会在家设宴待客。她结交的朋友都是富人,素锦本意是不想去,但不去会失礼,便不情不愿地敷衍了一下场面。章文勋则坚决不去,他说要等自己生意好了再出去见人,就像《红楼梦》里凤姐过年张罗请客时,那些妒富愧贫而拒绝露面的族人亲戚。

走亲戚时素锦听五奶奶说,之前托她向小姑姑要钱而被拒的大阿姨,一直写信讨,小姑姑挨不过面子,到底还是寄了二十元人民币,让她过年用。

素锦回到家,章文勋踌躇满志地发出豪言壮语:"大概坏运气都过完了,开年有些生意已有眉目,如果到时赚了钱,让你搬到九龙去住。"素锦不想扫他的兴,便顺着他的意思附和。

"我现在不谈不高兴的事,快快乐乐过日子再说。"

她想再进塑胶花厂去打工,但因那些厂子都离她住的地方太远而作罢。

她的身体开始走下坡路。中年发福，人变得很胖；生了风湿，常常浑身酸痛，从背到颈，再从颈到头、到眼睛都痛，夜里还常常睡不着。再出去打工担心身体吃不消，况且自己年龄大又无专长，根本没有就业机会。

苦闷之下，她去信劝女儿们要以自己为戒："所以我在想，年青时能入一个行业，虽然挨苦些，等自己有了经验，慢慢会上升及有前途。

像小芬如果初中毕业后最好入技术的专科学校，有一技之长可以防身。蓼芬如果有机会也最好能如此，况且现在年青，还有机会，人是到处可以为家的，最主要的是生活安定和有基础，思想要清醒，能挨得起和有志气，千万不要有享乐主义的思想。因此我盼望她们多学习勤劳克苦，虽然生活不高，能吃饱着暖自己学些有益之事，只要精神上能快乐，做人已是很快乐的了。"

一转眼就到了春天，素锦接到素美的一封来信，信里的消息让她一夜白头。

上海正在开展轰轰烈烈的知识青年去新疆参加开发建设动员活动，两个大孩子都在被动员之列。大女儿蓼芬，此时又得了甲状腺疾病。

1962年，作为农垦部部长的王震在对（新疆）塔里木垦区的开发建设进行了多次考察后，深感兵团缺乏新生力量，尤其是缺乏有知识、有文化的高素质劳动者。

而与此同时，我国各大城市正处在精简职工、面临巨大就业压力的关口。作为新中国最大的工业城市，上海虽然已经在一年内精简了三十一万名职工，但人口压力和就业压力仍然非常大。1963年，上海市未就业的社会青年达8.7万人。

因此，王震想到了动员上海知识青年来新疆参加开发建设。这样，既可以减轻上海日益严重的就业压力，也可以为新疆输送一批有文化、有朝气的知识青年。

据记载，从1961年至1966年，兵团职工人数从50.52万人增加到80.85万人，净增加30.33万人，其中上海知识青年为9.7万人，占增加人数的32%，他们为新疆兵团的发展作出的巨大贡献将永载史册。

但是，在当年动员工作却是艰巨的，许多家长舍不得让自己的孩子到边远的新疆参加农业劳动。

为此上海市特别培养了一批政治觉悟高、思想立场坚定、能联系群众的骨干分子，以此来带动整个动员工作。从1964年开始，动员工作基本上采取师与区的对口动员，孩子们所住的静安区，素美所住的虹口区，不偏不倚，两处都在某师动员区域之内。

收到信的素锦，"夜不成眠，食不知味"，她不舍得孩子们去新疆，但是要让他们"入港却比登天还难"。退一步住澳门的话，找工作更难，在那边生活的人大多靠外地汇款生活，章文勋又没钱给她，她自己生活都成问题，遑论养孩子们？

她又一次想到了张先生，但是"那位张先生现在不是每月有得帮忙的，说不定他自己的事业不好，不帮也是有理的"。字里行间隐约透出两人已开始有疏远之意。

太难了，太难了。

"不是我不想负责任，我一直在千方百计地设法弥补，为了省钱甚至足不出户，但仍然无济于事。"

她恨自己的无能，想一死了之，但马上又为这个念头感到惭愧。

"人到中年百事哀，本来如果章有转机，设法让孩子来港，蓼芬小弟可以找事做，让一个家庭安顿下去，再慢慢设法一步一步来。如今是难上加难。我不知如何办才好。香港的死字，死了当白死。所以我也不会去死，总是设法过渡这一时期。我一动就会流眼泪，强忍哀痛，忍耐再忍耐地过下去。"

抒发完情绪，她又打起精神写道："你们要保重，莫以我为急，这是没用的。一重重的难关都过去了，我不相信以后就过不下去！"

她更是劝慰素美爱惜自己："绒线衣能不拆的就补补再说，不能过份。没有穿的就让他们吃吃苦，才知道生活不易。你自己要养力养心，什么难过的看开些，不要太认真，要顾自己的身体要紧。"

接下来，她让孩子们着手申请出境证，待申请成功后，她会亲自去广州接他们去澳门。如果不能进香港的话，她就带两个大孩子先移居澳门。至于张先生，他想帮就帮，不帮自己再想办法。

然而，万万没想到的是，小庆却热血沸腾，积极响应知识青年下乡的号召，要为祖国建设边疆，主动申请去兰州做学徒。

素美做不了小庆的主，只得来信告诉素锦。素锦担心儿子不适应甘肃那边的气候和生活，病了没人照顾。但事已至此，她只能接受。

不过，也有好消息，小庆这一走，便宜了蓼芬。她写信告诉妈妈："如果小弟去了兰州，听朱慧娴大姐说，安排我一人在上海工作就容易多了。"

"失之东隅收之桑榆"，素锦得到稍许安慰。

但不久又传来消息，小庆去兰州的请求没被批准！素锦又开始"蠢蠢欲动"：儿子能被分配到离上海近些的地方还好，万一分配得太偏远就坏了，还是把他弄到香港吧！以探亲的名义。

"香港这边，夫妻、子女是直系，父母反而是旁系，来了既没有书可读，也没有工作可做，就以探亲为目的作为主题。香港现在缺工人，只要肯吃苦，年轻人每月至少能拿到一百五十元港币，幸运的话投考技术工，能升级到三百元以上。"

新一轮的谋划又开始了，但计划永远赶不上变化，这时又传来消息，小庆的分配地点定了，是崇明国营农场。崇明岛是上海周边的一个岛屿，后来成为著名演员的潘虹、奚美娟，分别于1971年、1973年也在此地插过队，这里是当年很多上海知青的首选。对素锦来说，这个去处不算差，能接受。

一波N折，总算尘埃落定。

素锦无奈地认了这个结果："有时候想到做不到的事，世界上实在太多。我根本是想他们来香港的，可是不如意的事偏偏常八九，我有什么再说和再想呢?"

10

住在轩尼诗大厦的那两三年，飓风经常"临幸"香港，尤以1964年特别勤快。10月12日，素锦在为另一场台风的到来而喜忧参半。那场台风也很著名，它叫黛蒂（Dot），风力十级。

她在信中说："最近香港一连飓风数场，水的问题是解决了，每天有长喉水。"台风袭港带来的暴雨，灌满了各个水库，暂时解决了用水问题。

然而天威也难测，据说黛蒂造成了二十六人死亡，素锦也受到惊吓，"这前三日的一场大风，又是受尽惊吓，房间的玻璃窗一块大的被风吸去"。

"所以房间进水（我的房间向西北，又高又是临街口），没有挡风，风力更强，所以一连二夜不能睡觉。"

两天两夜没有合眼的素锦，站在被水灌后一片狼藉的屋里，披头散发，容色憔悴，她嘴里念念有词，计算着自己的财产损失："真是见到风已是吃惊，一块玻璃配配十元港币，也是破财没有办法。"

靠天终究不如靠人。

1964年2月20日，东深供水工程全线开工。当时的技术不甚先进，建设物资极度短缺，为了早日让香港同胞喝上东江水，从中央到地方都将最具有优势的资源和技术应用于东深供水工程的建设。铁道部优先调用东深工程的相关建设物资，广东省在工程初期抽调了一万余名民工来进行主坝体的土木施工工作，后为保证在雨季前完成坝体工程，又临时抽调三万民工进场至深圳水库施工。

据说当年港方水利工程专家走进工地时边看边摇头，因为"除了几台用来压土的东方红履带式拖拉机，看不见任何大型施工设备，连中小型机械也寥寥无几"，映入眼帘的"只有密密麻麻的人群，把整个石马河两岸都覆盖了。"铁锹、扁担、箢箕、小车……蚂蚁啃骨头一样。为了能让水路早日开通，多少人抛家舍业，不分昼夜，甚至有人献出了宝贵的生命。（陈启文《血脉：东深供水工程建设实录》）

1965年3月1日，经过十一个月连续二十四小时不间断施工，同时历经了数次台风、暴雨等极端天气，东深工程开始正式向香港供水，彻底解决了香港的水荒，完成了一项事关民生的时代伟业。

水已经在来的路上，只需再等五个月，素锦就可以喝到甘甜清冽的东江水，可以随时洗头洗澡洗衣，再也不用为限水停水而提心吊胆了。

打扫干净屋子，素锦把从上海寄来的照片看了又看，孩子们都长那么大了，个个有模有样，真是有苗不愁长。收好照片，她拿出昨天从书局买的汉法字典匆匆出门，到邮局挂号寄出，这是临轩要的，花费港币十三元。

香港地方真小。回来在路边等电车的时候，素锦迎面遇上了刚下车的熟人方太太，一见面就拉着手不放，一定要素锦去她新家里谈谈，素锦拗不过面子，只好跟着去坐了会儿。

原来，方太太一个人搬出来住了，正在找工作。方先生在香港还有一个女人，方太太背地里喊她"神经病"，她争宠争不过"神经病"，被方先生赶出来了。现在方先生事事以"神经病"为先，对方太太不闻不问，四个月了，一分钱生活费都不给，还逼着她回上海。

他们的两个女儿方先生自己抚养，在九龙的高尚住宅区租了一层楼住。方太太气愤难平："租金每月七百五十元，佣人工资二百三十元，就连小菜一天都花十几元。小女儿要学琴，他眼睛不眨就给买了，花了一千八百块！家里布置得那么好，就多一个我，都要气死了！"

素锦眼前恍惚起来，仿佛看到自己之前所经历的种种，同是天涯沦落人，她把过来人的经验传授给方太太："章文勋以前也是这般对我，我们都是受够了气的人，但眼下这种情况不能放弃，要用冷静的态度来对付他。如果他来找你，你千万别制气，要用假情假意对待他，争取他的钱！不是让你忘记以前的事，而是小不忍则乱大谋。"

回到家，连着几个晚上，素锦都失眠。想到从前的自己、如今的方太太，女人经济不独立所带来的痛苦真是受够了。

章文勋的生意一直没起色，一年来统共才给过她二十元。再看他大老婆，虽然也没拿到一分钱，但儿子们都长大成人，其中一个考进了汇丰银行，另一个在南来纱厂的写字间，每人工资大约四百元。"还是老太婆，人比人气死人，所以我暂时不比人家，否则要气死的。"

章文勋来时，素锦借机一吐心中多年闷气，滔滔不绝控诉他对他们母子的不公平，章文勋一句嘴也不还。他们的地位发生了微妙的转换。

她想让章文勋代为留意找工作，但刚一透露想法，便被兜头泼了一盆凉水。章文勋说："太难了，不信你出去看看。"

素锦当然信。"说实在，是真的。香港人越来越多，马路上现在人山人海，交通不便，连搭车都困难。怎么可能轮到我，在报纸上找招聘广告，人家都不要四十岁的人"。

她巴巴等着章文勋的矿石生意扭转乾坤，能给上海汇款。但从巴西新进来的一批矿石货色很不理想，根本赚不到钱。希望又一次破灭。

素锦去信素美："望你不要心中焦急，身体保重为要，耐心一点，我一有办法立刻先汇给你们。"春节前夕，她总算是逼着章文勋想方设法挤出了一百元港币，寄了回去。

素美一直想要一台缝纫机。1965年1月11日，素锦信中说，看到日本的三菱缝衣机标价三百四十五港元，国内是一百八十元。章文勋说会记得，等条件好了一定送妹妹一台。十天后，素锦在国货公司看到蝴蝶牌的三斗缝衣机，虽然卖一百四十元港币，比日本产的便宜很多，但囊中羞涩也只能望而兴叹。

房东告诉她，房子要自住，限她两个月后搬离。她哀叹着又要找房子了。现在才明白：为什么香港人那么爱买房子，因为"自己有屋才算安定"。

1965年开春，章文勋受公司委托去了澳洲的悉尼，再次踏上寻找商机的旅程。素锦支持他去，虽然在香港也能拿薪水，但是，"现在做生意不能只拿薪水算了，而要看生意有无前途为主要，如能生意立定了，生活才能算个安定，否则心里总是七上八落的"。

临走之前，他给素锦另找了一套房子租住。1965年2月12号，也就是那一年的正月十一，素锦搬到了香港波斯富街波斯富大厦10楼E座。章文勋不在，她请从前住英皇道的邻居韦太太帮着看东西，韦太太人很好，广东人，素锦知道广东人习惯中饭上茶楼吃，事毕后她便请人家饮茶，点了叉烧包、烧麦、粉面饭之类广东点心表示感谢。

搬家又费力又费钱，请工人及添置家庭用具及其他费用等，又多花掉她一百多元。

但她对这个新环境表示满意："我住的地方都是普通的，这样很好，也没有人看得起看不起，都是自顾自，我很少同人讲话的。香港是这种风气。"

地点是在原住的轩尼诗大厦的后一条街，这个地段十分兴旺，交通又方便，乘跑马地的电车直接可以到，不必走多路。

房子比原先的大了"二个阶砖"，即二十呎左右。价钱当然也贵些，一百三十元一个月。她庆幸租得早，再往后就该一百五十五元了。六呎乘九呎的新楼房间开价就一百六，她想还价还到一百四十元，可惜没成功。

又开始了独居生活，因为没有朋友太寂寞，她把所有的话都写进了给妹妹的信里，事无巨细絮絮叨叨。

有一天刚写了这样一段："我住的房间，这里的落户空了一间房久久租不出去，而且业主已经加租十元，房东急得要死，他们也是做做吃吃的。现在因他们的亲戚需要二间房，所以同我商量，隔壁也有一间空房间，同我说能否搬过去。我也去看过房子，因住进这里后觉得一切比以往顺利些，故而同章商量住住再说，他年底要回香港，此地人都熟了，现在香港人品复杂……"这时有人敲门，她搁下笔去开门，同来人一通寒暄。

人走后，她关上门，坐下来继续写："写到此处，那个房东又来同我说，叫我不要搬了，因为那亲戚要她凑小孩（领小囡），她说自己的两个已经够忙了，接放学送上学还要煮饭等事，哪里有空，回掉了，又叫我不要搬，我心里想你的花头真多。"

除了这样鸡毛蒜皮的小事，也有对当时社会经济的观察

1960年代深水埗一带（许日彤先生提供）

和描述：“告诉你们最近香港市面大乱，去年年底一间明德银号倒闭了，今年影响许多银行挤提，市面不景气，建筑业地产业都不景气。今天我听见恒生银行（私营很大间的银行）都在挤提存款，也是不稳定之故，各种行业遍吹淡风。”

这便是香港历史上著名的1965年银行危机事件，事件起因是明德银号拒付一张七百万的支票，使得民众恐慌其无力支付现金而发生挤兑，明德银号申请破产保护。这引发多米诺骨牌效应，动摇了民众对华商银行的信心，由此，广东信托银行、广安、道亨、永隆纷纷倒下，连恒生银行都不得不把控股权出让给了汇丰银行。

此时的素锦，还抱着旁观者的心态。但是，风所过之处，人渺小如草叶，根本不可能纹丝不动。

章文勋刚走，张先生就来了。

他来港和素锦见面，谁主动约见的不得而知。素锦说小女儿又开学了，面对求助，张先生给了她一百元。

“上次我信中曾提及香港近来各华资银行受挤提影响，因而政府下令，中外银行一律每户每日限提现金一百元港币，故而近来金融市面实在不稳定，各行业大伤元气，今日报载后日取消限令。”

当时香港银行危机全面爆发，银行限额提款，每次一百元。她写信日期是2月14日，香港政府应该是在2月16日取消限令的。

素锦对这个数字显然不满足："本来我想不止这一百元，就是因为限令，间接受影响。以后如能见到他，如果他给我，我就再寄来，现在虽是一百元，也总比没有的好。"她还寄希望于有下一次。

然而并没有。他们之间后来再无交集，至少在信里未曾提起。

张先生，至此消失在素锦的生命里。

他最后一次在素锦笔端出现，是在八年以后的1973年8月。素锦在给妹妹的信中提到了和他的往事，也算是对曾经那段闪烁其词关系的盖棺论定："其中有一段我对章灰心，曾告知你们想另有所就，也因为不能连累你，别人肯接子女出来的条件才同你们商议，一而再的错过机会，现在也不必提了，同时这些章也知道，我明人不做暗事，什么都明告，而不做苟且行为。想到婆罗洲之事，章也知道。"

这里的"别人"指的就是张先生。看来素锦的确屡屡起过带着三个孩子投奔他的念头，但双方基于各种现实考量，这段关系最终不了了之。

这注定了只能是一份中年人之间无疾而终的感情。

她只是世间一个普普通通的女子，想要在困境中抓住一根救命稻草，借谋爱而谋生。他也只是一个普普通通的男子，对这个女子的确动过心，但动心的程度，还不足以接纳她全部的附加负担。

有情意，也有算计。雪中送炭，暧昧温暖，却终将凉凉。草蛇灰线，未曾伏笔千里，只是戛然而止。

生活啊，生活总要继续。

素锦回到了自己的笼子里。

拮据至此，虽已深居简出，也不能让自己闲着。脸上生疹子，一生生了三个月，也不去管它，反正没钱看，让其自愈好了。

"在外找不到工作，我就开始在家替人结绒线（织毛衣），不收现金，但人家也不是白叫我干活，会送我东西。一方面减少出外的费用，一方面也有点收入。虽然没挣到什么现银，但是也以工易物，换了不少礼物，小姑姑和她儿子的生日礼物，我都是用这些礼物去做贺礼的。"

织毛衣很辛苦，为了按期交货经常要织到很晚才睡，由于长时间坐着，她的左侧腰部出了问题，一到阴天下雨就会疼痛难忍。因为看不起病，后来不太敢接织毛衣的活儿了。实在推不掉，就只织粗绒线的，这样快一点，对身体损伤也小一点。

美国的大弟弟元陵闻讯，主动提出给姐姐和妹妹分别寄钱，素锦连忙告诉弟弟不必管她，在澳洲的章文勋，可以每个月从公司给的生活差旅费里节省出二十镑（合港币三百一十八元）给她，生活目前没问题。章文勋此一段态度转变极大，一改往日的漠不关心，给予了他们母子从未有过的关怀，来信封封提及上海家中，还宽慰素锦："不必担心，只要有一口气在，总有希望。"

4月，蓼芬来信告诉妈妈，阿姨的右胸长了一个肿瘤，需要动手术。素锦心急如焚，连忙寄了二百港币回去。

"我们这一家这些年来真是多事之秋，我一直忧心，家运连遭经济拮据，终望大家身体安稳，如今想不到之事又有发生……"

素锦诚心诚意向上苍祷告："但愿经过手术或治疗，休养后能安然康复，求神祝福你，佑你平安，你不要担心和忧急。求上苍佑我全家并佑吉祥。"

素美这一病，婆家一大家人全都六神无主，临轩急得血压升高，好在手术成功。接到信的素锦喜极而泣，连说"感谢神"。

元陵从美国寄来五十美金（合港币二百八十三元），让素锦转寄素美，其中五分之二给素美买营养品补养身体，五分之二给交了女友、花销增大的弟弟幼陵，剩下的五分之一给三个孩子。那段时间，每月一张支票，从美国寄往香港再转上海，都是元陵辛苦打工勒紧裤带省出来的。

章文勋也通过素锦向素美保证，只要一有钱马上就寄回去。当素锦得知他没有给过"老太婆"钱时，禁不住写道："总算是顾了我"，这一句里有憋屈多年后的扬眉吐气。

章文勋到澳洲后，生意并不顺利，他做的是玉石生意，按理说大有前途，但港方经济力量不足，又不再批准对翠玉的外销，所以影响很大。

1966年初，情急之下他让素锦找个算命的看看到底什么时候能时来运转。素锦找算命先生看了，说是章属鼠，今年是马年，是子午冲。

如果回来呢？"香港最近一片淡景，大小各种行业都在叫苦连天，生活日高，赚钱困难，尤其是衣着一类，人们都以吃为主要，其他都在减省，这些情形发展下去，实在是个大问题，银行停止贷款，许多行业都在吃倒账，这里的国货公司倒是一枝独秀，也可以看到香港的来路货已经不吃香了，生活是在朴实了，与你们国内的情形相反了。银根更加紧了，都是受今年银行挤提倒风形成的"。

上海那边这一段很需要钱。素美术后身体刚愈，又查出得了风湿病，浑身疼痛，乏力，经治疗后化验单上的"抗O"还高达833。临轩又得了高血压。两口子遵医嘱都在家病休，只拿劳保工资。每月收入一下子减了五十多块不说，又因看病增加了不少支出，经济压力陡增。

素美说："每日忧急，心情忧郁，肝火很旺，容易暴怒，因而在家庭中每天都有争吵，为了些小事或者不适大家会无故光火发怒。我们明明知道发怒无益于健康，但到时又压抑不住，涵养功夫真不是一件容易事。"

她自述几个月来头发又白了许多，"呈灰白色，又枯又黄，年纪虽未老，而体态已呈衰老现象，如果今后再不保养，一定不可以收拾，这样爱急下去，疾病何日才能好呢?"

三个孩子里老大蓼芬待业，上午学习毛主席著作，下午参加里弄义务劳动。

老二小庆劳动积极，虽然崇明岛出产的是又香又劲道的"老来青"大米（别名"毛泽东大米"），但因为力气消耗多，饭量很大，每月要吃掉八十斤粮。食堂油水少，每个月回来一次都要带吃的，必带的是猪油。衣服鞋袜非常费，被夹里已踢坏三条，素美给他一再换新的。衣服、衬衫、裤子、鞋袜等也费，都得添置新的。每一次他休息回来，都得用去很多钱。

老三小芬要考高中了，周末不回来，说是在校温习功课，托同学来要钱和衣服。素美一边照付一边嘀咕："希望她不是说谎才好，这孩子是很贪玩的，在校内是文娱积极分子。"

素美夫妇找到了对抗压力的办法，就是每天早晨6:15-7:15去学习太极拳，同时背诵《毛主席语录》。"毛主席教导我们说对慢性疾病的态度，是既来之则安之，不要急躁，让病体内渐渐长出抵抗力来，忧急无用，欲速则不达。"

多方权衡过后，素锦觉得章目前还是留在悉尼比较好，这样至少每月还能给她寄生活费，她就可以从中拿出一半即一百七十元港币（合人民币七十二点五九元）寄回上海了。

6月5日是小庆二十岁生日，素锦特意寄回港币二百三十二点二元，合人民币一百元，并叮嘱素美："如果孩子在上海，记得给他下碗面吃；如果不在，给他寄点钱让他高兴高兴，但不要超过十块。"

之后她们断了联系，整整四个月不通音讯。

直到10月份，素锦才修书一封。

"素美妹：好久没有通信，心中万分挂念。不知你们近来可好，孩子们好吗？你和临轩身体可有好转和健康吗？章也问候你们，祝您们安好，我们都还好，不必挂念。保重身体为要，如有需要盼来信，别的没有什么，因不知你们可好，特此来函。祝大家康健。姊 素锦 手启 1966年10月24日。"

这是素锦三百多封信里最短的一封，只有四五行。

只因那时风云突变。

虽寥寥数语，细细读来，每一个字的背后都是战战兢兢。

按捺不住的挂念担忧，却只能小心翼翼欲言又止。什么都没说。又什么都说了。

1966年下半年，她只有这样一封言不达意又心照不宣的信。那一年就过去了。

这就是素锦在香港的前十年。怎么描述她这十年光阴呢？还是用她自己信里的原话来讲述吧。

> 我一人在香港，虽则平安，心里一直在关心，无时无刻不挂念家中情形的，小不忍则乱大谋，我虽无大谋，但是为了如此而来香港，如不能成功，的确无面目。这些年来的周折情形，使我历历在目，我真觉得一个人的生存，在世上生活，尤似战士打仗，打了一仗又一仗，有时是失败，有时也有成功，愿蓼芬和小芬以后的生活不要像我这样的困难不如意。我半世已过，而且也连累你吃了许多精神的疲劳和痛苦，愿你所结的果实是美好，使我能有补偿你的一日，望你们好自为之，不要痛苦，提起勇气打胜仗，求神祝福我们全家，并佑你康健快乐。（1965年4月12日夜11时书）

下　篇
（1967—1976）

1

从1956到1966年，素锦在香港的前十年，从信件里所提及的现金数字统计，一共给上海家里寄去两千六百三十二元港币。

1967到1976的后十年间，素锦的经济条件肉眼可见地好转。据不完全统计，共计寄回港币三万三千九百元、人民币一千元，以及替弟弟元陵转交的几百美元。这是一笔不小的数字，粗略估计，六七十年代的三万港币可以兑换一万两千元人民币，平均下来素锦每年寄回一千二百块，而当时中国城市居民的工资一个月还不到一百块。

1967年，她们的通信又恢复了正常。

第一封信写于1月1日，非常简短。素锦挂念素美的身体，建议她吃人参精、当归丸，特别是人参精，对风湿体弱有效。还有维他命B混合（复合维生素B），她说里面含"B1、B2、B6、B12"，可以消浮肿和疲劳。

她叫素美"勿要省钱，章叫你们放心，今后环境可能逐渐转好，家里每月至少有一百元港币寄于你，服药的费用另外给，你放心调理，身体为要，身体虚弱，不要多想，多休息，一切等身体好后再说"。

第二封信写于1月19日，也只有两段。

在信的第一段，素锦告知素美：寄回港币二百五十元整，留作春节用。元陵当爸爸了，他太太于1966年11月30日下午2点52分生下一子。

第二段是再次督促素美买药，说得更详细。人参精是天津中央制药厂的"松树牌"，50cc香港这边卖十五元港币，如果上海有，就买来吃，两瓶见效；当归制剂是西安制药厂出品，一百粒卖五元九角港币。可见她专门去查过。

第三封信，素锦还在问素美药吃了没有，这次连用法都附上了，素美误以为人参精两三天就要吃一瓶，素锦纠正说一次吃二十滴，一瓶可以吃一个月。同时建议女儿蓼芬多喝海蜇荸荠汤饮，对她的甲状腺病有好处。她让妹妹不要担心以后的事，章文勋现在回到了香港，正室在港的四个儿子都已成年，已经有三个出来做事，那边不用怎么管了，他的负担一下子减轻很多，可以多照顾这边了。

素锦提起了那位"最不幸"的方太太。方先生开的假发厂用内地头发假充印尼头发，被查出来后按法律要罚款十万港币，坐牢两个月。因方先生不在港，厂子又是以方太太的名字注册的，警方就把她抓起来关了进去，正值除夕，牢饭成了她的年夜饭。这件事成了香港多家报纸的热门消息。

"现在听说他家经济崩溃，究竟如何我也不详细，方太太也已好久不见，所以不知详细。"大概是私心里怕素锦受方太太影响，章文勋一向反对她们交往，素锦遂就此同她断了联系。可怜的方太太。

素锦感叹："人不知旦夕祸福，所以我素来也不眼热人家有钱和如何好，一个人只要平安是福，脚踏实地做人，一步一步来，有口青菜淡饭吃饱已经很好了，欲望不能太高。"

在结尾，她没头没脑说了一句："别的再谈了，听说幼陵已有女友，也该成家了。"一句叮咛里，有长姐如母的欣慰，也有对岁月如梭的怅惘。

那一年周家喜事连连，添丁进口，年初元陵得子，10月份幼陵结婚。婚礼是素美夫妇帮忙操办的，给他置办了一套家具，女方又提出要一块手表，且不要上海牌，必须是进口货，需要一百九十元人民币，又要二百元做陪嫁，还要请亲戚的喜酒钱……临轩一算，预算超了千元。

关键时刻，大哥大姐鼎力相助，两张汇票先后飞到了家里：元陵的一百美元，素锦的二百港币。素锦怕太引人注目，特意分了两次寄。

素锦写:"望转告幼陵,现在香港各业淡景,赚钱实在不易。元陵最近忙,谅是兼职以贴补。婚事不宜铺张,免被人批评,现在是破四旧,旧的当免。

"不要乱花钱,顾住生活,结婚后的一切尚未预备,应预算,紧要紧要。此项幸得元陵支持,结婚后的一切要自己来,希幼陵弟有预算。"

素美把钱原封不动全都给了幼陵:"现在你全部拿去买,如果无计划花掉了,再要别人帮忙可是心有余力不足了。"

幼陵答:"我们不准备请酒,也不准备收礼,到外面旅行结婚一次算了。"

素美冷眼旁观,给素锦写信时冷幽默了一下:"看来,今后事实并不会像幼陵所想像那么容易。"不久之后,事实证明,素美预言神准,这位弟妹果然不是那么好相处的。

这一段,素锦每次给家里寄钱的数目是二百港币。1967年11月21日,素锦在信中说,于南洋商业银行照样汇款港币二百元,但她提醒,拿到手将比以前少不少,因为港币贬值了。

她抱怨道:"我们这里是一夜之间损失百分之十四。各家都有损失,香港真是灾难重重,尤其是我们小市民,在五月开始币值已经无形中贬值,物价高涨,在这英镑贬值后是名正言顺的物价高涨,真是哑子吃黄连。"

在香港历史上，曾经有两次英镑对美元大贬值，分别为1949年9月18日和1967年11月20日，素锦"幸运"地遭逢了第二次。资料记载，这一次贬值达14.3%，与素锦信中所言"损失百分之十四"是吻合的。因为港币为维持与英镑的固定汇率16:1，也随即跟着对美元贬值。

这个重要细节被小人物素锦详细地记录下来："……18日星期六下午英镑贬值，次日是星期日，各银行休息，星期一（20日）香港各银行因调整外汇等情况，因此银行又歇业一日，今日始开门，但我知道港币贬值，如果你收到汇款也比以前少了近十一元人民币。"身在此山中，作为升斗小民，她关注的是切身利益，并不知道自己正站在历史的节点上。

因为章没有固定收入，"刚刚开始有稳定状态"，但港币贬值为他们的生活又蒙上了一层阴影，她不能保证春节时增加汇款，请素美谅解。

"在（再）下个月也是寄二百港币，因生活费上涨，我极难再撙节剩余加多寄你，望见谅。只望章在生意上赚钱，有多些给我，讲来讲去都是讲钱，这也是实情。"

据记载，1967年11月23日，由于港元难以承受贬值压力（香港物价上涨），港英政府被迫宣布港元对英镑固定汇率调整为14.5455：1（升值调整），这也是1935年币改以来首次调整港元和英镑的固定比价。

沈从文写过一段文字，阐述普通人与历史的关系，用在这里竟有一种量身定制的贴切："他们那么忠实庄严的生活，担负了自己那份命运，为自己，为儿女，继续在这世界中活下去。不问所过的是如何贫贱艰难的日子，却从不逃避为了求生而应有的一切努力。在他们生活爱憎得失里，也依然摊派了哭、笑、吃喝。对于寒暑的来临，他们便更比其他世界上人感到四时交替的严肃。历史对于他们俨然毫无意义，然而提到他们这点千年不变无可记载的历史，却使人引起无言的哀戚。"

1968年可用一个词概括：得病。素锦一年四季都在得病，换着花样得。

4月摔了一跤扭了脚，5月从凳子上摔了下来，"好彩跌在屁股上，没有大碍，跌了两块大乌青"，"好彩"即"好幸运"，在港多年，她不知不觉开始有了粤语习惯。

她说自己这是犯了痛星，但也很乐观，她安慰家人说："今年正月起到现在没有一天不在吃药，不是这里，就是那里。这个月看医生钱也用了不少。先是感冒，再气管炎，又喉部肿痛，看了西医看中医，总算财去人安乐，犯了跌挡了炎，我想以后大概总要好了，这点不算大的灾难，小的灾痛总免不了，你们不必为我担心，我现在很好，很神气。"

8月，重感冒，牙疼，她自己都诧异，今年小毛病怎么会这么多，风湿病、神经衰弱都来了。

10月，她严重失眠，看中医，吃六味地黄丸和天王补心丹。

12月，她才弄明白，原来这些病的病因都指向一个：前更年期。素锦1924年生人，这年四十四岁。

但也有好事，这一年，两个女儿都工作了。

1969年，素锦又搬了一次家。这是她的第五次搬家。

9月17日，她搬到香港轩尼诗道488号轩尼诗大厦12楼K座，这房子是小姑姑介绍的，两家相隔不远，只隔两座楼。这里交通方便，人多热闹，是香港铜锣湾最繁华的地方。她说半山区也方便，但"静得吓坏人"，还需要汽车，"我们也没有资格"；北角呢，"风水又不好"，比较下来还是此处最适宜。

素美写信告状小女儿小芬爱打扮，不爱惜衣物。说她工作后极爱打扮，只挑新的好的穿，旧的普通的丢一边。自己明明已经有一堆衣服了，但还要拖她和蓼芬的。现在连手上戴的表也是蓼芬的，自己的早扔一边去了。

为此素锦专门去信教育她，在穿衣上要节制："关于囡囡的爱漂亮，虽则女孩子爱漂亮，但也得有个准确的限度。不能盲目地爱漂亮。像工作时，或做家务时，穿得漂亮而是浪费。如果有事去街或有什么庆祝，那么穿什么新衣服呢？平时穿新衣，有事穿什么呢？即使有钱能再买也是不合理。同时女孩子总有个交朋友或出嫁的。

目前囡囡也不小了，再过二年也许有这样的日子，平时积省，将旧的穿和补，只要整洁也没有人笑，新的留着，有事的时候穿着，做一件衣服要费多少心血。不能没有头脑，识时务者为俊杰，希望囡囡能明白，那末我做母亲的在外面也心安了，章小庆也望他如此，买一样东西并不容易，要爱惜东西，惜衣有衣穿，惜钱有钱用，这并不是什么资产阶级的思想，而是做人之道。"

批评完小女儿，她马上说明天去银行汇二百元港币，给大女儿买块新表，还说如果不够，来信告知。她还特意提到了小女儿嫌弃的表，是宝路华牌的，上海流行戴圆的，但香港却流行戴方的，价钱还要更高一点。收到钱，素美马上给蓼芬买了一块，"上海牌金刚十七钻，圆形，闪光银面金字，式样美观，机件也很精确耐用，单价一百二十元，这是国产中最好的一件了"。

虽然她们在信里从来不谈时局，尽是些家务琐事，但在细微处还是展露了她们的政治敏感性。在那封"告状信"末尾，素美写道："如无事，今后就少来信与我们，我认为亦然，吾姊应多注意休养而少耗脑力，希擅自珍摄。"

素锦马上心领神会，回信中说："有事再来信，没有事我也少写信。"

她们的通信最终还是被素美保留了下来。素锦的信能留下还好理解，因为素美是收信方，但是作为寄信方的素美自己，每给姐姐写一封信，都要留一份底稿，这种情况颇罕见。更值得留意的是时间，在她留存的一百五十六封信的底稿里，有一百五十三封都是1966年以后的，且截止到1976年年底，后面就没有了。

这说明什么？说明她的自保意识。

长达十年的特殊岁月里，一个姐姐在香港，一个弟弟先到台湾后来又去了美国，作为一个有海外关系的人，随时都可能在风暴中被揭发，哪能不如履薄冰？可能惟因如此，她才不得不多留了这一手，时刻准备着用这些底稿自证清白——所以，素美所留下的信件底稿到底是不是百分百的原文照抄？为什么她们的来往书信中，从不谈时局？寄给姐姐的信里还写过什么抑或又提醒过什么？这个答案，我们永远不会知道了。但如果联想到当时严格的信件内容审查制度，这一切又变得合理起来。

我们不妨矫情地加一层滤镜：也许，冥冥之中，她的潜意识告诉她，未来有一天，会有人看到这些信，了解曾经发生在她们身上的故事。

感谢有心的素美。正是她保存下来的这些家书，才让我们隔着半个多世纪的尘烟，得以看见这一对渺小平凡的姐妹隔海守望不离不弃的亲情，看见她们在滚滚洪流中为免于被吞没而死死把控命运之舵的坚韧，也看见了在宏大历史缝隙中，那种被挤压出的、独属于中国人的生存智慧。

是她，让我们看见她们。

2

60年代平淡地过去了，时间飞奔至70年代，随着中美关系的好转，香港经济也随之复苏。

章文勋的玉石生意转好，他每月给素锦一千港币作为家用，香港和上海两边家里的，全部都包括在这里面。素锦每个月先从这一千港币中分出给上海的生活费，数目从原先的一二百元加到了二百五十元。防止未来有突发大事而手头吃紧，她每月再加五十元让妹妹用作硬性储蓄。除此之外，逢年过节、过生日、换季添置衣物，她都会额外再给一笔。这样一来，每月的数额便增加到了五六百都打不住。

这一年，素美终于买到了渴盼多年的缝纫机，蝴蝶牌出口转内销五斗机，人民币一百八十一元八角。素美开心地说：

"这是我向往了好多年的东西，它为我省却了去人家家里和手工缝补的麻烦。"

章文勋回首过去心有愧意，觉得以前亏欠了这三个孩子，所以现在总想尽力补偿他们，基本上有求必应。

素美写道："小庆来信要吃食。因农忙，劳动量增加，为了保持他的身体健康，钱与食物经常支助他，托人带去了鸭肫干、大听麦乳精、卤蛋点心等。替孩子们每人添件涤棉衬衫，我自己也做了一件，孩子们还想要条夏天穿的毛涤裤子。"

素锦回信说："这个月临轩和囡囡有生日礼物，每人五十元，还有你给小庆寄的钱和食物，章说补给你五十元。这样计算，家用二百五十元，临轩和囡囡一百元，小庆五十元。孩子们说想穿毛涤裤子，章说给素美也剪一条，每条五十元计，四条二百元。总计是六百元。"

素美写道："这许多年来，每季每月，可说我每日都在为着孩子们的衣着忙碌着，拆、缝、补、晒、洗、烫，做新改旧，裁缝工资虽然省下不少，但身体因不停的忙碌而不见好转，女孩们每年一件棉袄，随着年龄的拉长，他们要求也高了，前年蓼芬做一件丝棉，囡囡一件驼毛，因面子夹里都是绸的，二个春节穿下来，都破了，小庆的是姨夫穿过一年的丝棉袄给他，青毛面子，羽纱夹里，二个春节穿下来，边缘有些毛了，今夏送洗染商店去拆洗，丝棉重新翻一翻，但需做件劳动的棉衣，他们要讲究样子，希望去第一流的店家做，如果考虑坚牢，采用毛料面子，那毛料中最便宜的就算是涤毛了，还要衬布，夹里丝棉，缝工，没有四五十元休想完成，当然做一件衣服是不容易的，有了棉袄还得要罩衣。

临轩和你都是反对多做衣服，认为应该注意饮食，保持身体的健康，但孩子们要求着我多替他们做些衣服，越多越好，最好是时行什么穿什么，我总设法满足一些他们的要求，但欲无止境的，结果他们就把一般的衣服当劳动衣穿了，因此破旧的，油污的也就多起来，这些东西各样不值钱，利用就得花一翻（番）功夫，缝补的任务也够忙了，利用它们的目的也是想少花些钱，而多些衣服穿。"

素锦回道："今在银行汇出港币五百五十元整，二百五十元做家用，二百元是给做今冬的棉袄费用。如果钱不够，下次我再寄来。你自己身体不好，不要做，可以叫裁缝做。冷天衣服要紧，棉袄早点做好，心可以定点。五十元做存储，另五十元给大阿姨，看到她写信给小娘娘，说自己多毛多病，眼睛也看不见，要求帮忙，但我不知道小娘娘是否寄给她。本来是想多寄五十元给你的，现在只好先给大阿姨吧！分一次或二次给她补助。"

给大阿姨的接济，素美照办了，还把汇条附在信里寄给了姐姐，这个做法很上海女人。"本月7日我已寄去十元人民币，到11月再寄十元。你是知道她的脾气，否则她会认为你每月给她这些呢!"

素美写道："关于自行车，蓼芬非常想要，下雨、刮风、落雪时等坐公交车，天好骑自行车，如果一般的轻便车是一百四十八元一辆，加全链罩，双铃，磨电灯就要一百五六十元，姨夫已答应与她买，但和她说好，如果她结婚，车子不作陪嫁而给小庆踏。"蓼芬想要自行车很久了，说公共汽车上拥挤不堪，人贴人的很不习惯，总嚷着能有辆自行车多好，但素锦一直反对，认为她骑车不安全。素美拗不过，答应给买。

素锦连忙回信："章说脚踏车由姨夫买好像不好。他说能分期付款，或者姨夫先买，他分四个月寄，每次一百港币。同时衣服和蓼芬的筹备陪嫁，他说每月买进些，每月寄钱。章说尽他的能力，尽力而为。"

但欲望是无止境的，孩子们的要求越来越多，素锦应接不暇了。女儿们要得理直气壮："如果在做姑娘的时候不穿些，难道老了之后再打扮吗?"

素锦在信中愤而回道："在我的看法，我认为衣服太多，既费钱，又费力和精神。……欲无止境，做人是应该克制不能任性，养成了习惯苦的还是你们自己，一旦经济有了问题

125

时，我看你们怎办？我时时说要你们储蓄以防不时之用，手头有积蓄，心中有一种安全感，现在我们不是有钱，乃是比先前的恶劣的环境转好些罢了。我时时警惕不放松，自己乃是受苦太深，这种体验痛苦，使我难忘，讲得太多，反而使你们误会，不说也罢。

"如果你们现在做衣服慢慢婚嫁，又要再做一批，我实在没有这么多钱，做一件棉袄也要人民币四五十元（合港币一百几十元）。我寄钱给你们，乃是省吃省用省下来，你们真要我不吃不喝不用不付房租吗？"

唠唠叨叨发泄完情绪，之后照付不误。

面对姐姐封封来信中储蓄节约的要求，素美也有自己的委屈。1970年5月6日晚上，她给姐姐写了一封长信，诉说自己的两难，摘录如下：

在来信中，吾姊教导我们应当节约储蓄，这也是我姊希望我们应有未雨绸缪的打算，我也深深知道这都是为了我们好。有时，我甚至比姊姊想得更多，所以我也比他人更为多愁善感。有关储蓄事，是想到容易做到难，在日常的生活中的开门七件事，虽然较为固定，但往往有许多意外之事发生，形成计划打乱，而达不到储蓄的目的。

我的原来计划是在自己的工资中一半存储起来，将你汇来的，临轩的，及我的1/2钱作为家用，结果本月份非但没有做到，反而将你指定作为存储的钱也用去了，这要请你原谅，在家用方面，我不能做到硬性规定，但是吾姊嘱咐存储的，我认为一定要做到，有关这次的储蓄额以后一定补起来，否则你会不快活的。

平日我本身是很节约的，但孩子们大了，都很会用钱，自己不够，家中还得贴，而且不由我作主，例如小庆在前一时期，见到市面上供应了一批新式而又美观的瑞士表（价二百左右），就感到自己所带的吐格立斯不甚好看，老式了，他已将这只手表卖掉（一百二十元），准备在今后有机会时补上一只新式的，如果再买手表，家中一定得另给他钱。

……

五月一日侄儿侄女都将去安徽省凤阳参加农业劳动，我送他们每个人拾元钱的礼物以表示心意，到时还得去送行等等，所以正好将我的生日礼移作此项费用，总之要用钱的地方太多了。这次小庆回家开刀，我还想去买一架折叠躺椅，让他躺躺。关于做衣服之事暂时不谈了，心里烦得很。不多写了，祝你俩健乐。

从那时起，她们的每一封信里都要言及花钱。一个说节约还不够，一个说开支太多。孰是孰非，夹缠不清。

小庆想要一块瑞士摩纹表，素锦好言相劝，普及一篇手表知识："其实这个牌子在香港根本不算什么，是冷门牌子，香港最热门的牌子是劳力士ROLEX和欧米茄OMEGA，三四百元。天梭表较为普通，其它是芝柏表，GP缩写。杂牌英格纳几十元。还有雷达表风行，一百几十港币。日本出的精工表，七八十到一百几不等。摩凡陀的机器很好，准时就得了，不一定买摩纹的。"

两个女儿想要新皮鞋，蓼芬用自己的钱买了一双蓝色高筒绒里皮鞋，小芬也想要，素美出了二十元人民币给她买了一双黑色短筒皮鞋，素锦闻言，连忙补给素美五十港币。又去信告知："比如买皮鞋，但要保持清洁和经常上油，那么就比较耐用，坏了可以换底，但不能一直穿它，也要让它休息，轮流穿穿别的鞋子，不能不放在心上。小富靠节俭……"

她希望孩子们能体恤自己的老父亲："他过生日，一点也没用钱，白天我们只吃了一份炒虾仁，两碗排骨面……"

章文勋岁数大了，总要忍不住回忆过去的困苦，每每眼泪长流，令素锦心酸又恐惧。年已四十六岁的她，从前没钱时是窘迫，如今手头稍宽裕些，窘迫感变成了紧迫感，她看着章文勋愈来愈花白的头发，愈来愈苍老的脸，担心一旦他有个好歹，大家措手不及而后手不济。

素美来信说，蓼芬的男朋友已经谈了一年多，该给她置办嫁妆了。自己刚给她添置了一条六斤半的棉胎，大红被面一条，条子布被里一条。当时的上海，姑娘结婚的嫁妆需用四条被子、两对枕头、两条床单。素美只能慢慢来，看见合适的就先买着。

这一下提醒了素锦，她跟章文勋商量，孩子们长大了要男婚女嫁，能不能从现在起开始提前储备结婚嫁妆钱？运气不错，他同意了。

从此素锦每个月给家里再多加一百元作为结婚储备金，先从老大蓼芬开始，一个一个来。

而她自己，过期的面包吃不完都不舍得丢掉，用开水泡了吃。

1970年代的香港，物质大大丰富，吃的东西倒便宜了起来。素锦向素美不厌其烦描述着香港食品的物价：一毫钱可以买到三块腐乳或一根油条，或者干脆买一条剪开的热猪肠粉，上面撒上虾米和佐料，市民买来当早餐吃。面包一角一只或五角一磅，牛油九角四分之一磅，炼奶一元二角一罐。

港人的公共交通也便捷了很多。搭大巴士每次三角，电车二角，搭渡海轮的话，楼下是一角，楼上是二角和二角半，很便宜。如果图方便的话就要多出车钱，小巴五角到一元。去九龙过海可以坐海底隧道小巴，坐十四位的小巴是每人每次二元。大巴士每次每人一元。惜时如金的香港人出行选择大多是小巴，这种风气一直延续到今天。

但当时的交通状况却让人不敢恭维。一是因为车从来不让人，"此地车撞死人，是等闲事"。素锦打了个有意思的比方："过马路好像充军，要奔得快。"二是经常拥堵。"路上车辆像长龙一样排着"，各种车辆都挤在一起，"电车、双层巴士、货车、小巴士、十四座位的、私人汽车、的士（计程车）、学生车、旅游车、机器脚踏车等，不是你们能想象到的"。

街头人们的穿着也开始花哨起来，冬天的街头小摊，花二十块港币就能买到一件五彩斑斓的对门襟棉袄。但一般家庭妇女仍然穿得马马虎虎，只有未婚女性或经济宽裕的已婚女性在穿衣打扮上要讲究一些，穿红着绿的则大多是"捞女"（出卖色相的女性）。

素锦劝孩子们少做衣服："我每封信都是督促你们勿浪费金钱，衣服勿要多做，现在花样多，一时兴长一时兴短，不流行觉得难看就会放着不穿，做一件衣服价钱不少的。"

她穿衣服还是秉持着自己的一贯风格："衣着整洁，一无贫态，此也是香港的哲学。"

章文勋看她那么节俭，出了门又有型有格，不坍他的台，很是满意。他亲口对她说："只要我敬重你，对待你好，有什么大与小，这些是形式而已。"

最大的支出还是房租。房地产业空前繁荣，"那些做房地产的人是舒服了，一层楼要卖到六七万到十几万，房地产涨价，比前二年涨一半，"顿一顿，素锦絮叨道："我因为想你们过得舒服些，所以寄多点钱给你们，希望你们也省用些存下来，不然我早就有意思，自己供一层楼，大约四百呎左右的房子，本来两万多点我就可以供，头一期付多点，以后每月付几百元，十五年、十年分期都可，现在呢，四百呎的房子要五万元，还有什么可说。我并不是责怪你们，乃是告诉你们。"

就在这时，章文勋"不出所料"生病了。

他已经迈进了六十岁的门槛，身体状况大不如前，消瘦无力没精神，这样的情况已经持续了二三年，因讳疾忌医，一直自我安慰说"有钱难买老来瘦"。拖到实在严重了，才硬着头皮去看医生，一化验，小便四个"+"，初步诊断得了糖尿病。

他不肯去看西医，更相信中医。因为十多年前生意失败，心理受到刺激后喉咙失音，时间长达六个月，西医要求住院开刀，他不敢，最后是看中医治好的，用现代医学的观点看极有可能是癔症。他当时找的中医是大名鼎鼎的丁济万。

"丁济万三个字在上海真是家喻户晓，妇孺皆知，几乎不知道丁济万三个字的就不能算地道的上海人。叫黄包车只要喊丁济万就可以，不必说地点。"

找丁济万看病，当时在上海滩是身份的象征，曾有人如此描述道："到丁先生这里来的病人高贵者多，往往以拔号为阔绰，但大家拔号仍旧等于不拔，诊金收入因此加倍不算，诊金之外还时送高贵礼物。"看完病还要循例额外送礼，今天的人看来匪夷所思。素锦在另一封信里提及旧事，说当年弟弟幼陵得了伤寒，是丁济万的弟弟丁济华看的，"出诊费和药费数目一大笔，病好再另外送礼谢丁济华"，可见记载不虚。

1949年以后丁济万移居香港，1963年去世。素锦所说章"十多年前"找他看病，大约就是五几年时。

1970年9月30日，素锦在给妹妹素美的信中写到陪章文勋去看了中医。每天吃煎药，另外吃一只猪横脷——即猪的胰脏，一副粟米须一两煲水吃。饮食上戒了糖，不吃米饭改吃黑面包。

他们这次找的医生叫朱鹤皋。关于这个医生，也是有必要细说一下的。

朱鹤皋出身名门，是上海近代名医朱南山先生之子。他乐善好施，热心公益。1932年一·二八淞沪抗战后，由国医公会开办的上海中国医学院濒临倒闭，后由朱鹤皋接手主持院务。1935年，朱鹤皋离开中国医学院，与父兄一起创办了一所新型的中医学校——新中国医学院，以中为主，中西合璧。

1949年秋，朱鹤皋迁居香港悬壶开业，医名盛传。并曾担任香港中国医学院院长一职。

在素锦的信中，还提到过其他名医，有外科专家许昆仑、心脏科专家潘荫基、耳科专家蔡永善、眼科专家陈永阶、妇科专家邱为、皮肤科专家王启皁等。

生病后的章文勋让素锦转告上海家中，汇款之事有能力会继续给，不要担心。所以钱数上没有减扣，每月数目仍在五百五十至六百港币之间。素锦一边欣慰着"章现在是真的对我们有诚意"，一边提醒家人要节省每一分钱，能存储时尽量存储，心理上要有准备。

"像上海房租便宜，吃用也便宜，你们生活比我好，我不是指责你们，叫你们省是对你们好，章现在人已经很老了，头发也白了，最近在拔牙齿，上面的全部拔去，要装假牙，每星期拔二只，也拔了有四个星期，再拔三次吧，全部拔光，我看他很辛苦……"

素美当即回信表态："我们尽量精打细算，节约储蓄，坚决听从吾姊的教导。"并查找医书，从《鲁楼医案》中摘出方子附寄，供他们参考。

素锦每天给章文勋按时熬中药、煮粟米须（粟米须要四碗水煲成一碗喝），一天再煲一只猪横脷吃。为了监控他的体重，她甚至买了一只磅。

"每天服侍他，一早起来就去买猪横脷，烧到十二点，他来吃，和吃午饭。即刻烧药，大概到六时。星期六日在我这里，很晚走，一直没有停的。还要做家事。所以我没空多写信。"给她真真累够呛。

在素锦的精心照料下，三个月后，章文勋体重比以前多了六磅，"三多一少"（多食多饮多尿，体重减少）症状消失，素锦的心方稍稍安下来。

她的风湿病加重，一个月有十几天在痛，她不去看，忍着，"我没有这笔余钱"。

3

香港的贫富两极分化越来越明显了。

"有钱的人更有钱，有一半是四面八方来的华侨，有马来西亚、越南、高棉泰国、菲律宾、台湾、日本、加拿大、印尼、新加坡等地方的人，都是带了钱来香港买楼买业，所以被炒高了，越有钱的越有钱，没有钱的人赚来用去。上海来的人多了，都立足了，好的还有好的，人是不能比的，所以我只好脚踏实地省吃俭用，这样对我自己有好处。"

1970年代香港街头（许日彤先生提供）

素锦秉持着她一贯的"富出门，穷窝家"的原则。

足不出户，除了买小菜、付账单。不赌钱、不抽烟、不饮酒、不看戏、不多买东西、不走动，停止一切娱乐活动，一样样删减着自己的欲望，连朋友都不交。素锦在香港的圈子本来不大，只限于亲戚熟人之间，越到后期越不大愿意同人交往。

一是她始终不习惯香港人的"AA制"付账。她认为"AA制"既浪费金钱又无聊，"虚伪而浮嚣"。小姑姑常叫她出去玩，素锦渐渐地开始烦了，小姑姑所交的朋友，都是些太太们，条件比较好，因此吃喝打牌，一坐就是几个钟头，时间都是糊里糊涂地过去。"香港人又非常现实，有钱的人也不肯请人的，没有钱的人请也不能不还，现学外国作风各付各，即是一共吃去多少钱，每个人出多少钱。"条件好的人们吃喝玩乐是为了开心，囊中羞涩的她凑这个热闹又是何必呢？

二是"自知之明"。她对自己的过往及外室身份介怀，"所谓自重，免辱也。我不是不擅词令，谈笑风生也会，但因悟及种种宁被人视孤僻，避免引起身心不快是自知也"。身份是她一生的痛楚，令她时时感到不宜结交朋友。

三是香港这边有些不成文的规定，太太做会（个人借贷）背了债，先生是不管的；太太的朋友请客，先生即使跟着去吃也不出人情礼。素锦初来时不明白，现在懂了，"原来如此"。

怪不得章文勋不许她交朋友，"不好轧，不要交，免得烦"。虽说寂寞点，但日子久了，出去反而不习惯了。

倒是小姑姑常来看她，她做家事，小姑姑坐坐聊聊，一天就打发过去了。现在小姑姑也不常和朋友们聚会了，素锦蔑视地称她们为"麻将朋友"，"见面就是讲吃讲穿讲麻将"，互相奉承，给足面子。但小姑姑生意资金周转不灵时，从不向她的朋友们开口，怕坍台，宁可让章文勋问路搭线，出二分半的利息借钱周转。素锦勘破世态："你说吧，我看得心都寒了，说穿了什么都是假的。"

素美为了让姐姐遣怀，时常寄孩子们的照片给她，素锦则给妹妹寄立体明信片，那是内地没有的稀罕物。

1971年初，素锦的大阿姨去世了。这位早年照顾过素锦母子，也被素锦赡养过的孤老太太，走完了她七十七年的人生旅程。幼陵及素美夫妇携蓼芬前往丹阳为她料理了后事。事毕，他们一行在南京城逗留了一晚。白天逛了中山陵，晚上参观了长江大桥。

素美的文笔优美，读她的信是一种享受，有身临其境之感。

在长江大桥上，我们从南桥头堡，步行至北桥头堡，见长江气势磅礴，远处船头灯火闪烁，旱桥的桥面离地约有十层楼这样高，隔着栏杆，向下俯瞰见人行如蚁，车辆都像玩具似的渺小，心中颇感荡漾，仿佛自身要下坠一般，蓼芬与我都连四肢有发抖发麻之感，不敢向下探望，但在当时又会好奇得去偷偷地向下瞭望，临轩和幼陵就不感到有甚害怕，大约是我们女子太胆小的缘故罢。姊姊，像你是住在十二层楼上的，从窗口向下眺望，不知会产生什么感觉，大约于司空见惯后就不会再感到害怕了。唠唠叨叨写了一大堆，因恐你久等不多写了……

言辞娇憨活泼又温柔细腻，不管她的年龄多大，从始至终都自带一种少女感，她是素锦永远的小妹妹，总喜欢把所有的事一股脑都讲给姐姐听。

同年年底，素美发来了"喜报"："告诉你们一个喜讯：小庆已由崇明抽调来上海，经过两周学习，已经在铁路局蚌浦（注：可能是彭浦）东站工作了，我们高兴极了。元旦前后家中喜气洋洋，贺客盈门，亲友们都非常高兴，我们为他庆祝了一番。"

临轩送了小庆一双黑皮鞋，素美给他赶制了一件涤棉衬衣、一件涤棉中式罩衫，又定制了一件深灰卡其色的中山装，让他光光鲜鲜去上班。

至此，三个孩子都有了工作，素美开心雀跃："看到章氏门中运气好转，兴旺发达，我是'历史学家快乐'。一生的愿望就是希望三个孩子幸福，两个女孩让她们像像样样的出嫁，男孩成家立业，重振章家门庭，这也是对姊姊你和姊夫最大的安慰。"素美早年因宫外孕不得不手术切除输卵管，失去了做母亲的机会，一生未育。她对这三个孩子视如己出，但从未想过将他们据为己有，始终记得那是章家的后人。

接到信的素锦喜极而泣："你告诉我一个喜讯，小庆已经调回上海工作，我是甚为欣慰的。一方面是你和临轩长期以来的照顾孩子们从幼至大，我是无限衷心的感激，无限的心中感触使我热泪俱下。"

为了表达自己的感激，她向素美承诺要继续寄钱："虽则我也受过无限痛苦折磨，百般忍耐，至目前虽不能说好，生活也安定了，但我仍是像以前挨苦的日子一样，省吃俭用，自己不吃不用，为了顾家，每月按时的汇款给你们，也希望你们生活愉快些，逢时逢节的加寄些款项。我会百般设法，一有机会就向章进说，或添衣或其他的来寄给你们，也算对得起自己良心。"

小庆的归来是件好事，却也引起了另一桩家庭矛盾，那就是居住问题。素锦原先在兴业里留有一套住房，当时的房子不用购买，而是按月给房管处交房租。她离开上海后，小弟弟幼陵复员后回到上海因无房居住，也住进了这套房子里，和孩子们挤在一处。后来孩子们因受阿姨照顾，不常回来，再后来蓼芬、小芬上班，小庆又下乡当知青，房子实际上为幼陵独住。他后来结婚，也在这套房子里。

蓼芬去住过几次，见舅妈总因多嫌她而和舅舅哭闹，她索性就不去了。

现在小庆从崇明回来了，素美意识到他马上也面临着结婚成家，便想让幼陵把房子还给小庆。

他们特地把幼陵夫妇请到家里来吃了顿饭，做思想工作。临轩负责晓之以理："我们家中是这样一个习惯，任何人有重大的事，大家应该合力以赴。小庆回来了，他在我这里住三十年，我也欢迎，但考虑到他今后交朋友和成婚的问题，没有立足点行吗？目前到底是你占了小庆的房子，而不是孩子们沾你的光。"

素美负责动之以情："现在就算这间房子是你们的，但外甥没有立足之地，你们做舅父母的是不是也要为他尽些力、帮点忙呢？"

幼陵无话可说，但没痛快答应。他赌气地告诉二姐，今年过年要节约用钱，就不请他们来家里吃饭了。

素美见好好说不奏效，便把孩子们的户口都迁回了兴业里，实则是逼幼陵夫妇搬出。出此下策，皆因"这样，婚后无屋的幼陵，才真的着急起来，向有关方面重新提出申请，要求另配房屋"。

最受刺激的是幼陵的妻子，她认为幼陵当初谎称有房骗了自己，每月十二元的房租连交这么多年，这些钱都够另买一套小的了。夫妻天天吵架，家里鸡犬不宁。幼陵两头受气。

素美不管那些，迅速算清了拖欠房租，所幸幼陵的妻子持家有方，婚后从未拖欠房租。所欠房租一共六百元，除素锦离开时所欠不足一百元，其余皆系幼陵住进后婚前所欠。

素美说如果弟妹得知还有这批欠款要还，"会跳起来的"，她同素锦商量，能不能除了还掉自己走之前所欠的一百元，其余部分再替幼陵分担一些？

素锦拿出了长姐风范，她决定所欠全部房租六百元都由她一人来出，让素美代为归还，不让幼陵吃亏。"房子本来是我的。幼陵欠租之事，也不该瞒他的妻子，应该向她说明，现在由我们付。让她也知道，我们不是欺负她，做人要讲实在的。再说我在香港没有根，万一有个什么变化，还要回来的。"

对这位幼弟素锦向来怜爱，是愿意为他让利的。1967年幼陵结婚，她听说寿康里房子小，新娘子的陪嫁不好放，专门去信问能不能再找一间，"四面托托看，是需要什么条件，不妨问问看，租金怎样，我可以同章商量，以后想办法多寄房租"。奈何心有余力不足，三个孩子就够她担的了。

在美国的元陵听闻此事后，对幼陵"鸠占鹊巢"的做法也颇不满。

大家都不站他，幼陵夫妇遂无话可说，着手申请新房。素美寸土不让，她要对姐姐有交代，硬着心肠让三个孩子都搬回了兴业里："为了小庆将来，这次我很坚决，不能再糊涂下去和让步，他们睡过去后，我还再三叮嘱他们：'去后东西不要乱摊，你们舅母是爱整洁的，不比在山东路，你们乱摊乱放，我和临轩会收拾。'"

那套房子随即拥挤不堪。向来忘性大的囡囡，晚上烧水忘关煤气，一壶水烧了将近五个小时，直烧到早晨二点多钟，被一个给食堂做早饭的阿姨发现，惹得舅妈很不高兴。

为此，家宴上幼陵醉酒后同素美大吵一架。

他说："有时我上中班，她一个人在家睡，两个女孩不回去，只有小庆一人回来。舅母与外甥年龄相仿，同住一室，舆论不好听。"

素美回呛："旁人的议论只会说你侵占了他们的房子。"

幼陵说素美偏心，只因得了大姐每月寄钱的好处，所以向着外甥，欺负他这个弟弟。素美说姐姐当年为了他们这些弟弟妹妹不饿死，牺牲了自己的名节，现在要好好报答。但幼陵却说："她明明是虚荣，贪图享受！"素美气结，以"胡说"斥之。幼陵愈发气愤："你们这么逼我，我不如去死好了！"双方不欢而散。

幼陵走后，素美连着两夜无眠。她当然也能体会到弟弟的难处，当初对他"鸠占鹊巢"睁只眼闭只眼，目的是为了让他顺利结婚。但如今为了保护小庆的利益，她也只能对亲弟弟进行"血脉压制"。

在给素锦的信中，她如此说："如果从他们的角度来考虑，也应该谅解他们青年夫妇与大孩子们睡在一室的确不方便。矛盾的焦点只在房子方面，等房屋问题解决了，我们又会好起来的，因为我们毕竟还是手足。"又提到幼陵的儿子，可爱的小田田："他们夫妇俩要为了小田田节约半分钱而奋斗，一切都是为了自己的孩子生活得好。"

素锦回信："请幼陵替我想想，他自己也有儿子了，如果换了他又会怎样呢？望他们早日分配到房屋，叫他眼光放远点。等我将来条件好转，有能力会寄钱给他的。"

1972年的春节，素锦像往常一样，过年免出门，免见人派利是（红包），自己在家买一点瓜子糖果打发过去就算了。今年她索性连糖果年糕都没备，只买了一只鸡。节俭至此，在除夕那天，还是巴巴地给上海家里寄去九百五十元港币过年用。

素锦想起元陵让自己转告给孩子们的话："在国外，儿女成年应该自立了，不再仰求父母的。你写信告诉他们，就说我说的，要他们养成自立的习惯，不应浪费金钱。自己不论薪水多少，要有计划，不能乱用，做人不能含含糊糊的，欲望不能高，有衣有食即当知足。"

于是，她又一边寄钱一边抱怨："我认为子女也应该为父母老的想想，不应该抽老的筋，剥老的皮。有呢应该给点，没有呢逼死老的也没用。"

不知道是不是因为话太难听，引起了素美的多心，她回了一封简短的信，只有一句话，语气冷淡："来信及汇款均收到，悉近况，近日吾姊等身体欠佳，希暂勿劳神来信，下个月也不要汇款家用，过一时期我会先写信给你的，请安心保养身体，勿挂念我们，再谈。"

素锦察觉到了妹妹的情绪，连忙回信解释说是因为香港这边物价涨、房租贵，生意难做："至于在这个月你说叫我不必汇款家用这点，我是知你的好意。但我仍旧照汇，宁可你将这笔钱存起来，以减轻我心中的顾虑，一方面望你们再三开个家庭会议，使大家明白节约的情形。这样对你们将后及目前都有益处。同时对孩子们也有勉励的意思。"随信寄回的还有五百五十元港币，其中一百元，给素美和素美婆婆各五十元做生日礼金，并祝愿老人家"寿比南山，福如东海"。

在那封信末尾，素锦说，已过花甲之年的章文勋，又一次要出走海外。香港的经济环境实在不容乐观，"治安之恶劣，现在已成空前。抢劫、盗偷、吸毒、赌博遍地皆是。还有投机做股票，已像赌博，加租、房地产价也已到顶峰，因此一片涨声，不满意的事情太多，奈何奈何"。

章文勋原来是做矿石生意，但随着香港市场变差，销路越来越窄，货源减少且进价高得离谱，生意渐渐没有了出路。他想趁着自己尚有点体力的时候，去海外考察一下，这一次他的目的地是中美洲，首先锁定的是多米尼加。素锦不放心他的身体，打算一同前往。

在走之前，素锦在经济上做好了安排："将来如果我去的话，我会有一笔款给你作安排的（是我历年积下的）。我自己则再作道理。于心无愧，我也安心。"

对孩子们爱做衣服的坏习惯，她第N次纠正："关于做衣服的事，我认为，补旧衣服是不算羞耻的事，好的应留着有事穿，上班下班着旧的也不算坍台的事，一件衣服要很多钱，所以要小心，同时衣服也有感情，破了修理好，心中又是一种感觉。"

她让他们记住："菜根香，布衣暖，知足常乐。"

但孩子们依然我行我素。素美建议女孩们好衣服留着出客穿，不要做一件穿一件，但她们不听，跟朋友出去最好每次都换新行头。素美虽然一天到晚为她们的衣着而忙，但她们还是不满足。现在，连男孩小庆也知道爱美了，让素美给他多做高级衣服。

三个孩子领了工资一分钱都不给素美交，不够还要伸手要，素美叫他们节约些，反而遭到讥笑："自己想不穿，不舍得吃点穿点，只知道一天到晚做呀，做呀做。"

做牛做马惯了的素美无可奈何道："我们现在就得为孩子们打基础，他们除了啃'老骨头'外，别无他法，而且老骨头们也是心甘情愿为'孝子'们吃苦，服务一辈子，这是古老的规律，代代相传。我现在既要顾到他们的体面，又要照顾好他们的生活，今后恐怕还得为他们更小一辈的衣着等服务，真要下一番苦功，精打细算，也要为他们'节约半分钱而奋斗'了。"

说这话的人早已积劳成疾，支气管扩张严重，年前大口咯血，已经进过一次急诊抢救，出院后还在日日吐血。她幽默地说："习惯成自然，我也不当它是一回事了。"

"我们都在为下一代受苦，有时候我在疑问，究竟三个孩子是否懂呢？我看他们都糊里糊涂。"素锦看信后，对她们这么多年付出的意义产生了深深的怀疑，自己的省吃俭用，妹妹的含辛茹苦，到底有什么价值？

她斩钉截铁地说："今后他们三个做衣服就在家用中，自己用自己的，我不再另外寄衣服钱了。"要买高级衣服的，就从自己的婚嫁钱里面拿，自己不会另外补。

早该这样。

4

1972年6月，香港发生了"六一八"雨灾。6月16日至6月18日期间，连日暴雨，导致在九龙观塘翠屏道及香港岛半山区先后发生的山泥倾泻及大厦倒塌惨剧，共造成大约一百五十人死亡。

素锦向妹妹描述了这场惨剧："香港豪雨成了雨灾，半山区塌楼，山泥崩泄，立时三刻人命全都化为灰烟，这次无论有钱的没钱的都一样受灾。"她庆幸自己"住在市区中心平地，所以没有损失"。

但紧接着就是英镑贬值，物价飞升，人们纷纷抢购以保值，"好像在上海以前有一段时期抢购一样"。

局面稍稍安定下来后，1972年7月9日素锦在信中说："这个月我将寄港币一千五百五十元整，五百五十元中，四百元包括家用（二百五十元）及你的（五十元）和蓼芬的一百元，另一百元是农历六月十九临轩的生日礼，另五十元是给小芬七月初七的生日礼。

"再有一千元港币是先寄给小庆和小芬的婚嫁费用，每人各五百元整，你代他们存储，再者章说蓼芬的婚嫁费以二十四次告一段落。小庆和小芬也以每次一百元港币作数，也是以二十四次告一段落，以后要看情形再说了。

"现在第二十二次（指蓼芬），我们目前的经济也不稳定，这次寄小庆和小芬的是我以前积攒下来的，将会陆续寄给你一了心事（以小庆和小芬各有一百二十元人民币即以三次作数，现在各人有五百港币，即以五次作数，即每人有八次，后面十六次陆续寄来）。"

她又补充道："如果以汇率比，当然小庆和小芬是稍有损失，但恕不照补，情不得已。"素锦曾在1966年5月29日的信中对妹妹说："我在昨日寄出港币二百三十二元三角，合人民币壹佰元。"推算一下，当时人民币与港币的汇率大约是1∶2.3，到了1972年成了1∶2.5，所以素锦才说这样的话。

8月幼陵夫妇二人生日，素锦特意多寄去一百元港币作为生日贺礼。"一人五十元，我不是以钱来压他，只是也望他们高兴点而已，不要闹什么离婚和自杀，免得精神上不愉快，度量放阔点。"她想让因争房子闹得不愉快的小弟弟消消气。

这笔钱，是素锦从章文勋给她的家用中挤出来的。一共一千港币，除了寄给上海的家用，她还要付自己的水电费、大厦会费、电话费、小菜费、医药费、人情往来费、衣着费……开门七件事，并不因一人住而减少。章文勋不来，她尽量不开灶，吃点剩菜哄饱肚皮拉倒。

她说："每个钱抠出来都是带血的。"

所以，当下个月她被一个戴眼镜的老太婆扒手在街上扒去一百五十元时，才心疼得捶胸顿足："素美，本来还想多寄五十元与你，但现在不能了。我是大叹倒霉，日省夜省一瞬间被人扒走，只怪自己不小心，等发现已经走过两三间店面了。"

当时香港经常发生抢劫偷窃事件。章文勋去中环一个写字间找朋友，哪知去的时候强盗正在打劫。一推门进去，一把尖刀就明晃晃地指住了他，慌乱惊惧之中来不及多想，下意识地把手表、钱包赶忙都交了出来，才躲过一劫。但他的朋友就没那么好运了，被抢去价值十万元的珠宝不说，还背腹各被刺一刀，血溅当场，送去医院抢救才捡回一条命。

过后想起来，夫妇俩心有余悸，侥幸当时急中生智，舍财免灾。

这件事发生在章文勋动身前往多米尼加的几天前。

因护照关系，章文勋要去多米尼加的事，一直延迟到了11月8日才得以成行。临轩想要一本法文字典，但香港没有卖的，章文勋便抄下书名，打算去纽约代购。因他途中要路过纽约，想趁机与元陵见个面。

此时的元陵，在美国多年打拼，算是事业有成，家庭美满。他正在攻读博士学位，家中有二子一女，分期付款买了花园洋房，二十五年付清。见到姐夫后，惊喜万分，问及长姐近况，知她一人独居于香港，十分忧心，力邀素锦移民去美国和他一起生活。

素锦听说弟妹一人在家照顾三个孩子十分辛苦，一次老二病了住院数天，连个帮手的人都没有，十分心疼，心里也十分愿意前往美国，帮弟弟一家渡过难关。其实还有一个重要原因，就是香港生活成本太高了。

"最近房屋又加价，买是更加买不起了，地价贵得吓人，比纽约、东京都贵。"

"新鲜菜心要三元二角一斤，鸡蛋四角五角一只，什么东西都贵，因为房租贵、人工贵，都加在买东西的人头上。"

但移民到底是件大事，问章文勋的意见，他不同意。因为他的年龄在美国算是到了退休年龄，没法做事挣钱。再则到那边需要有一笔养老金过活，但他们的经济条件不允许。"虽然我个人有元陵支持，但不能作长久之计。"

她思来想去，去美国之事只能作罢。

章文勋到多米尼加后，非常喜欢那边的风土人情。多米尼加南临加勒比海，北濒大西洋，此地非常安静，空气又好，物价也低，生活十分安逸。每天上午八点钟上班，下午一点吃饭，工作五个小时；休息到下午五点再开工，六点下班，只工作一个小时。一天才工作六个小时，和快节奏的香港相比简直是两个世界。说起来有意思，多米尼加的国名意就是"星期天、休息日"，真是国如其名。

多米尼加大部分是黑人，待中国人很尊敬，家里用的仆人，就像电影中演的那样恭恭敬敬，总是说"是"，发音不准，就说成"see"，一天到晚的"see see see"。

那边还有一流的医院，药品都是外国新药，生活也很现代化，冷气机、电视等各类电器都有。

章文勋一去就喜欢上了多米尼加，动了移民此处的念头。而且，他还梦想有朝一日，把素美夫妇也一块移过来，一大家子就团圆在加勒比海岸。章文勋憧憬着，如果将来大家移民成功，就在这边建一个中国城，里面全是中国的店铺，卖中国的东西。因为多米尼加是自由港，哪国东西都可以进口。坐飞机去美国也方便。

素锦把这个想法转告给素美，素美觉得简直是天方夜谭。

春节时，章文勋回来了，唉声叹气。此行不但没有赚到什么钱，一算路费还亏了些，他懊恼地说："有这些钱不如留在香港炒股呢！"话虽如此，但多米尼加还是给他留下了美好的印象。那里的生活太安宁惬意了,连头带尾才离开不到三个月的章文勋,已经口口声声称受不了香港的快节奏了。

此时的香港,在素锦的笔下,是这样一副样貌:"此地与十年前已经大不相同,连三四年前也不同,最近一二年又不同,现在是连三四个月同二三个月以前又不同了,正是变得惊人了,此地人人都像吃火药似的,每个人心情都是火红火绿,个个人都肝火上升,连去吃东西都要抢先排队,好像不要钱的,又贵又少再加招呼客人,好像是吃白食的,你们想想看,变成什么样子,但还是人人不离开香港,人口越来越多,你们不知道早上上班搭车子又是抢闸。中环时时塞车,交通挤拥也变成了大问题,个个人都知道要找钱。东摸西摸,比日本东京、美国的纽约更紧张,我看香港变成世界第一紧张之地了。"

她身边从上海来香港的亲朋好友也发生着各种变故。五奶奶得病去世了。当年陪她一起来香港的世秋叔,因为嗜赌,长年累月屡教不改,导致家庭财务危机,世秋叔的太太受了刺激疯了,又是要跳楼又是要自焚,见了人又跪又拜,被送进了九龙医院精神科治疗。

早断了音讯的方太太,忽然有一天传来了她的近况,说她先生破产,她已经与之离婚,自此下落不明。

章文勋的妹夫本来贷款做纱厂生意，现在患了脑癌，已报病危，随时可能去世——银行也随时准备着接管他的纱厂。

看着身边的人生无常，素锦发出这样的生活感悟："因此我反而觉得身体好，吃得下睡得熟才是真正的快乐，无忧无虑似神仙。不要以为荣华富贵好，这些都是过眼烟云，主要是精神上痛快、无牵无挂。生活不忧，穿布衣吃菜根，能学习自己所喜爱的东西、能安安乐乐地过日子即是有福，一个人要在福知福，知足常乐。"

接下来不免又"借题发挥"对孩子们一顿训斥："未富先奢，未富先骄，是应该的吗？有没有自己赚了钱孝敬孝敬姨夫姨妈？"

1973年春节，照例要多寄点钱给家里的，素锦做了明确的分配。

> 在15号我将汇款如下
>
> 家用：五百元
>
> 素美的：一百元
>
> 临轩过年：一百元
>
> 幼陵夫妇、小田田：一百元
>
> 小庆的婚嫁费：一百元
>
> 小芬的婚嫁费：一百元

小庆（此次多给他点）：一百元

蓼芬和小芬：五十元＋五十元＝一百元

志浩叔和大娘娘：五十元

以上共计是：一千二百五十元。

值得注意的有两点：一是给小庆的钱比两个女孩多，原因后面细说；第二点，即使和幼陵因为房子的事矛盾胶着已久，她也照样给了他一份。又过一段时间，元陵通过素锦寄回来五百元港币，分为八份，其中分配给幼陵的最多，一百五十元。哥哥姐姐都在努力挽回小弟弟，修补着因利益冲突造成的亲情裂缝。

在长达数年未通音讯后，他们终于等来了弟弟的回应。1973年2月，幼陵提笔给长姐长兄各写了一封信。

幼陵具备一定的古文功底，业余喜欢研究古文字，著有《汉字字源》一书。措辞文雅，晓畅通达，情真意切。

锦姐：

恭贺新禧，拜个晚年，并向姐夫问候祝新年快乐，鹏程万里！

廿三载分离，今得睹姊近影，不禁泪雾迷茫，百感交集，实乃同胞骨肉之情，虽万水千山阻隔，独一脉相连也。

弟自幼失双亲，赖姐如母，受惠多矣，未能报其十一，今又受节日支援，深愧于怀，弟妇及内侄迅雷一并在此向吾姊拜谢。

十七年未通讯，赖素美姐作桥梁，吾姐情况得以略知一二，未去信问候原因众所周知，蓉芬、小庆、小芬亦出于此，想我姐明慧聪达，必省于此，非敢忘情，亦非刻薄势利也。

近闻吾姐为家务而忧心忡忡，弟看大可不必，今双方已和解如初，实出误会，锦姐可尽管放心，素美夫妇实乃不可多得，在沪亲友对彼评价甚高，弟亦深有体会，春节期间至素美处作客，三甥女交友并未成熟，但一二岁内当有佳音报姐，此中亦多于素美夫妇竭尽全力，煞费苦心。

房子问题自小庆返家并在市内工作后，经一年多的申请和单位组织的帮助已俱眉目，去年国庆前已初步看过一处，但此处因器物尚未腾出，因而另作研究，春节前后弟又再三致辞，有关方面均说："快了快了。"估计二三个月内即可解决，请姐放心，也乘此向姐表示歉意，纸短情壮，辞不达意，想来日方长，必有亲睹慈容机会，弟在国内遥祝我姐常怀欢欣，去忧忘愁，身体康健。

敬祝

大安

弟　幼陵上　1973.2.10

幼陵致长兄信如下：

元龄兄长如晤：

弟自幼失怙恃，成家前后多蒙兄长多次扶持，济燃眉之急，今又得新赠，惭怍收矣，铭刻于胸，永不忘兄惠也，弟妇及侄儿田田一并在此致谢，愿我兄长早得博士学位，学业突飞猛进，于人类作出更大贡献，并向兄嫂、侄儿侄女问候，祝身体康健，百事遂意。

弟失学久矣，赖素锦姐扶助得就学至初中，尔后就业，或军或工今廿四载哉，业余之际尚孜孜于语言、文字、速记等学术研究，略有心得，正待整理成册以贡献于社会和国家，今节录拙作《汉字字源》一书一小节，题为《周字考》献于兄前，班门弄斧，恐不足为训，唯供茶余饭后一笑也，于此或可见祖国文字之系统规律，得造字之根蒂……

幼陵在信中说，所欠六百元房租不让大姐全出，他分摊一半，分三年付清。据此，房屋纠纷一事仿佛总算风平浪静，四姐弟该和好如初了。

可惜生活不是电视剧，到圆满处就剧终，满足观众对真善美的期待，现实生活会有续集，剧情也总是要更我行我素一些。三个月后，幼陵搬家，将屋内所有家具都搬空，孩子们想要留下母亲的五斗橱放衣服，幼陵说舅母不答应。

素美向姐姐汇报了这件事："房间里除了孩子们的三张小床外已家徒四壁。这是意料中的事，随他们的良心行事吧，目前他们能搬走就算好，其次以后再说吧。这就是关于房子的情况，你希望我们以和为主，所以没有争吵，已经让步。"

章文勋闻讯气得用上海话破口大骂："拉里妈妈，这夫妇俩太无情无义，对我们赶尽杀绝，绝不能让步!"素锦主张退一步，去信道，家具原来都是她的，既然幼陵要就都给他好了，等有钱了她寄回去再买新的。

素美提醒姐姐，说幼陵也不是一无是处，他婚前在姐姐生活困难、在港自身难保时，曾主动每月给外甥们补贴十元生活费，时间长达一年多。"大家共同克服了较长时期的困难，君子不忘其旧，何况我们总是同胞手足。幸亏我姊心地善良，天泽洪福，孩子们受到父母隐庇，都已长大成人，有了工作，只希望他们好好成家立业，努力向上，虽然他们搬走了家俱什物，我们都会陆续添进的，所以应该对他宽宏大量，自己人总是自己人"。

幼陵夫妇审美不错，新家布置得漂亮雅致。房间朝南，采光好，家具摆放有条有理，地板打了蜡，光可鉴人，细缝都被幼陵用狭条钢皮修补过。唯一的缺憾是没有煤气，他买了煤油炉子，想把煤气过户给小庆，说当时安装时花了五十三元，现在多少给他一些，三十四十都行，好平平他太太的气。素美哭笑不得地跟姐姐吐槽："但是他们忘了以前卖掉了你的碗橱和大灯罩。"

幼陵每天还过旧房子这边来烧饭，煤气费仍由孩子们承担。素美隐忍不发，等足三个月，更换了门锁。

至此，争房一事总算尘埃落定。

几个月后，幼陵主动登门与素美和解，素美欣然接受，姐弟俩又亲密如故。

亲人之间，一面是血缘亲情，一面是人性算计，结果便是有恩有怨。恩中有怨，怨中有恩，恩恩怨怨交缠在一起，成为一笔算不清的糊涂账。《诗经》老早也说过，"兄弟阋于墙，外御其侮"，中国式亲情的特点就是这样：大家心里都疙疙瘩瘩，但谁也撂不开手，亲情仿佛是需要偿还的业力。

5

在房子的事未落停之前，素锦和素美两姐妹之间也爆发了一场前所未有的信任危机，几乎将几十年的亲情彻底摧毁。

这件事发生在1973年春节期间。

事情起因是小庆私下去信向素锦告状，说素美夫妇苛待他，偏心姐姐和妹妹。本来就对素美的用钱方式积存了诸多不满的素锦，看信后十分震怒。

关心则乱，她对儿子的一面之词没有核实便信以为真，去信向素美发出一连串诘问：为什么每次寄来的合影里唯独不见小庆的身影？为什么每次家庭聚餐他鲜有参加？是不是因为他性格孤僻，不如两个女孩讨你们欢心，你们就孤立他？小庆要的手表、自行车，我钱都寄给你们了，为什么还不给他买？房子的事我已经给钱了，为什么到现在还解决不了，让孩子受尽委屈？

她很不满意他们对小庆的态度："你们究竟有没有了解他，去观察去爱护他呢，我不赞成你们对他冷冰冰的态度。不是指责你们，而是你们年纪大的有大的看法，年轻的有年轻的看法，现在他二十六岁了，有他的自主权，对待他不能用一般性的强硬态度，要改变一下了，家和万事兴，希望你同临轩搞好这个问题。"

因为小庆是男孩，她希望他能被看重："虽然二个女孩子比较乖，但你们不要忽略小庆，我一大半是为了他去争取幸福，我能忍受最刺激、痛苦、艰难，也是一半为了他。这点望你们明白，我自问良心对你和临轩非常尊敬感激的，我对三个孩子也同样看待。

"虽然我曾用去你们的钱，但我同样的在尽力答谢你们，钱可以慢慢还，情却不能不还，所以我一直尽力在求解答的，而你们的情义也使我感激，我不偏袒孩子，但要知道真实。我知道他自十岁那年起受了很大的变动，他个性像他父亲，倔强，不肯拍马屁，吃软功，脾气耿，个性忧郁，我很明白。虽然他脾气是不好，一碰就动气，但做母亲的心中始终觉得欠他一点。"

而且，她还疑心孩子们被素美夫妇洗脑控制了，索性一吐为快："我心中有点直觉，他们孩子自幼离开父母，为了经济上你们是出力支持的，我得到今日，也感谢你们的大力支持……（但为什么）我始终不能见到孩子的来信，述及自己的情形？究竟是他们自己不愿意来信，还是有别种阻力呢，我不明白，你们是抱有什么意思。我头脑比你们清醒，看法也有一定的见解，勿以为我麻糊不知。"

这封信太冲了，素美被打懵还没回过神来，短短两天后，姐姐的第二道金牌又到了，督促素美夫妇马上给小庆置办手表和自行车，缺多少钱告诉她，她来补。

"如果你们还没有给他买自行车、表，那么你们一定要代他买了，立即进行。如果钱有些不够，我在见到你们信后缺多少再补给你。"她的解释是，"要让他知道，虽则他的脾气不好，你们还是待他好的，我也知道他的学历不够，或者临轩要他自修，而他不照做，使临轩生气，因我知道临轩是好学不倦的，但我也去信给小庆了，我并没有离间你们和小庆的感情，我反而对他要他对姨夫要敬重……"但这些理由在素美看来，分明是硬话软说，进行道德施压。

素锦还提到了章文勋，因为对她态度的转变，现在对儿子小庆的看法也有转变了，"因为他现在处处在同我打算，他也感到他亏欠他们父爱，尤其是小庆"，说当这个当爸爸的得知小庆在崇明工作要每天徒步走二十四里路时，心疼得掉下了眼泪，后来又见孩子因房子的事受舅舅的气，心中更坚决想能把孩子带出来，"并不是偏心袒护他，因小庆受磨炼已经够了，不能再对他施压力了"，否则章文勋心里会有想法——这是搬出亲生父亲给儿子撑腰的节奏。

随信寄回的，还有前文提到的用于过年购物的一千二百五十元港币，她特意给了小庆一百块，比分配给两个女孩的多五十块，算是对他受的不公待遇进行公开的补偿。

她还气咻咻道："总之我对你们凭良心做就是了。"

这一串操作如同向深水里接连投下炸弹，炸得素美血肉模糊。姐姐的兴师问罪让她震惊、悲愤、委屈，她伤心不已，白天以泪洗面，夜里接连失眠，整整两夜不曾合眼，为自己这含辛茹苦替别人养孩子的十几年不值。夫妇二人双双血压升高。

她自忖这些年来，对这几个孩子问心无愧，哪怕自己累出一身病，也轻易不敢慢待哪个。三个孩子里，她打过囡囡三记屁股，还被她抓破了手。原因是囡囡刚从苏州领出来放在虹口奶奶（临轩母亲）处，因临轩想要老人家像对待自己其他孙女一般好好待她，便说她是他们领养的女儿。但囡囡不肯，说她自己的爸爸是大经理，他只是个小职员，怎么能当自己的爸爸？素美说："你不肯叫爸爸，就叫姨夫好了，人总是要叫的。"

"她当时太小不懂，连'姨夫'都不肯叫，不论要学费、看电影、糖果费统统是将手一伸：'拿钱来！'我与她好好劝说：'并不是姨夫一定要你做他的女儿，连自己的侄女要给他，他也不肯要，主要是为你利益着想，叫叫不会少了你什么。'劝不听，我气昏了才打过她三记屁股。

"蓼芬打过一记，小庆一记也没有打过。如果在你身边我想如果孩子不乖，打的次数总也有的吧，我对他们只差不是自己养出。"

而无怨无悔做这一切，只因姐姐于她有过大恩大德。

幼时因家贫，母亲把她送了人，虽然那家人给她好吃好穿，但她仍然哭闹着想回自己家。她当时想不明白，这家人明明已经有三个女儿了，还要她这个女儿干嘛？后来是姐姐出面，上门把她领了回来。略大点才知道，她是被送去做童养媳的。她暗暗下定决心，一定要努力读书，将来报答姐姐。

读书期间，她成绩优异，年年获奖学金，还得以减免学杂费。但后来政策变动，没有了这项对优等贫困生的福利，她心疼姐姐既要负担弟妹三人的学费生活费，外甥们又渐渐长大也要上学花费，便懂事地选择了辍学嫁人，来减轻姐姐的负担。

与临轩结婚后，她没有收入。为了帮衬娘家，她学会了藏私房钱。从丈夫给的家用里挤出一点零碎钞票东藏西藏，衣服里、床垫里……但凡家里的各个犄角旮旯里都塞到。临轩发现后大惊，问她："素美，你什么意思？你为什么要如此做？一般女人因为得不到丈夫的爱，要生活的保障所以才去藏私房钱。我这么爱你，你有什么需要，提出来，只要合理我会支持的。"她只好老实作答："我想减轻阿姊的负担，阿姊为了我们一家受过很多苦，兄弟们和大阿姊都算上，我也应该尽些给他们零用钱的责任。"临轩一口答应下来："这完全可以，你有什么需用不要瞒我，我最恨人家说谎话。"

后来她想：女人要解放，依靠丈夫总不是长久计，单靠零用钱也解决不了问题，经济独立才是根本，所以一定要找工作。通过努力她考进了棉纺厂，上班第一天，就跟临轩有言在先："我今后每月要贴阿姊拾元钱。"临轩豁达，没有异议。

她的工作三班倒，上夜班累到吐血，临轩知道后赶到厂里硬拉她回去，不准她再做："我又不是养不起你，何必自找苦吃?"性情要强的她不肯，这么多年拖着残躯，硬是挺了过来。

"我虽没有多大的作为，做不出大事，赚不来大钱，但我始终没有忘本，并牢记着别人给我的恩惠。"那时她已经懂得要节储，以备急需之要，但姐姐的情况却越来越差了，一直到后来不得不去香港找姊夫，便将孩子留给他们，急匆匆登上了去往香港的巨轮。姐姐走时她还居住在厂中，临行前都没有见到一面。

"十七年来，我们待他们胜过自己。"既因常想起自己小时候孤零零被送人时，是姐姐宁肯牺牲自己也要把她领回来的恩德；更因自己有被送人的受苦经历，推己及人，她不愿意孩子们有寄人篱下之感，才对他们百依百顺。

姐姐也说过，姐夫在经济困难时，田竹清叛弃了他，将与他所亲生的儿子送给人家，导致姐夫屡屡大哭。"自己的骨肉送给人家总是心碎的"，她也不欲夺人之子女，而是想让他们将来骨肉团聚，所以他们始终没有更改任何一个孩子的姓。

再说自己小时候也受过姐夫的恩，姐夫，这也算"行下春风有秋雨"吧？

而现在，姐姐这封信似乎把自己所有的辛苦全都抹杀、否认了！她焉能不委屈？！焉不痛彻心扉？！

她有话要说，必须说。

既然这场风波的核心人物在小庆，那就从他说起吧！

事件的直接起因是：临轩让小庆帮忙整理讲义，分成一二三四份，小庆说自己搞不来，摔门而去，一气之下给母亲写信告状。

素美告诉姐姐："临轩见信后感到灰心，自己用心之苦反被人家误会，他自己没有孩子，爱小庆如自己的儿子，因为他是男孩子，所以对他在学习上比女孩要求严些，无非是望子成龙，恨铁不成钢，关于小庆的个性你是最明白，也如你信中所述，并没有因他脾气倔强而忽略他。"

而且，临轩已经多次表示将来遗产归小庆："临轩一直说小庆是他的承继人，将来财产大部份遗给他，虽然我们是职工阶级，遗产是微小，但总是一个人的愿望与心迹。"这话并非虚言，蓼芬的信中也曾提及，姨夫曾经在家宴上当着亲戚们宣布过。想来还另有一层，也是防止其他族人惦记觊觎，免得节外生枝的意思。

临轩曾希望将自己的侄女，也是他在侄儿侄女们中最喜欢的一个配给小庆，女孩聪明能干，并不辱没小庆，但小庆喜欢的是另一个姓张的女孩，对临轩产生了意见。后来临轩没有勉强，也支持他和张姑娘好，为此得罪了路氏族人。但是张姑娘家人不同意，嫌小庆既无技术又无学问，认为女儿高中生配小庆初中生太丢人。临轩为此专门宴请了张姑娘一家人，做他们的工作，菜肴备得特别丰盛，一顿饭共花去三十多元。

"后来小庆提出要大人们给他四伍千元，替女方还债结婚，但事实上他的名下还没有积满一千元，临轩也曾经说过：'有当然可以给你，但全部给你，姐姐妹妹的婚嫁怎么办呢？样样事情要一步登天办得到吗？'"

小庆要买市面上最好的柚木家俱九件套，其中包括：床架子、大橱、一只夜壶箱、五斗橱、方桌、四只椅子。素美说家俱最好别买那么贵的，因结婚不是容易事，其它添置花费极大。

"我说'将来我们老了，这套柚木家俱给你'，他表示等不及并说'老式了'，他样样要高级的，欲望比天高，得不到满足，就不高兴，皱眉头、发脾气，关于小庆想要些什么，我待他是怎样的情况，这些以后可以由蓼芬小芬来告诉你，三个孩子都是一样的。临轩总说我宠他们，要天上的月亮你也给他们，这样放任自流，本身无能力，今后会吃到苦的，临轩认为既然自小就当他们的保护人，就得负责，俗语说：养不教父之过，教不严师之惰。你现在这样厉害的一封信来，临轩表示对小庆不管了，让他随心所欲，临轩亦很会试探人，平日屡次试探，使他总大失所望。"

素美说："你这封信的思想内容，全盘是认为这许多年来，你们对子女的爱寄来给他们的钱以及对我们一大半是报答的钱，都给我们乱花掉了，苦待了孩子，还当你是麻糊不知，我们阻止孩子们和你通信，我们不给他们自主权等等。我们不肯节约，关于这个问题我可以说我仰不愧于天，俯不愧于地，中不愧于人，我呕尽心血为你们的子女服务了十六年，全部的金钱全部都是花在大家用上，你给的、元陵给的除一部分作人情费用，大家周转在家用上，我与临轩的工资全部是花在家用上，孩子们的工资全部由他们自己花用，不够时我还要给他们。

"小庆有时不在家吃饭，因他自己有事，或开会出差，当然他很嫉妒姊妹两在家吃饭，做夜班时三顿，中班二顿都吃在家里，恨不得我明当明算把饭钱给他。并说他在崇明七年没有吃家里的，他忘记了他每次从崇明出来，在家住半月，一月或一个星期等等，为他多花费，去时带东西，在崇明除了要东西方才写信来，哪一次不是托人带给他，寄去零用满足他，没有便人时邮寄给他？就是现在碰到出差，有时还是从家中拿米去蒸，难怪他调回来以后就宁可去睡在我这边阁楼上，不考虑今后婚嫁问题。

"平时孩子们这个那个买回来吃食水果，等一会儿都来向我算回钱去，东西吃精光。他们上至衣物化妆品，下至肥皂、草纸、信纸、信封、邮票都要家用中供给，甚至有时电话费，零星角票还向我要，因为你有寄来家用，我就不去向他们算。

"我可以说一声我是取之于你们，用之于你们的子女，当然不能说我们不是没用着你们，但至少我们有自己的全部工资贴在家用里。自己并没有吃得好而让他们吃得差。他们不在时我一个也是胡乱吃一些，好菜都是等齐了一起吃，关于伙食你也叮嘱不要弄许多，二只菜就够了，我也实行过，小芬就说'只有二只菜啊？'实行了以后，发觉孩子们饭吃得少了，就赶快刹车，省只有从吃里来省，吃里省不下那就没有办法。"

就姐姐信中的一样样质问，连同前面流露出的不满之处，素美一样样给出了针对性的答复与解释，有的让蓼芬说，有的让小芬说，有的自己说。

"关于小庆表与买脚踏车问题，我记得以前写信告诉你，你可以翻阅我以前的来信。"当时小庆在崇明时，临轩替他买来新日历表花去二百零四元，但小庆嫌式样老式，表面玻璃厚，觉得不称心，戴了八个月后要以一百七十至一百八十元卖掉，临轩不赞成买进再卖出，他又戴了一段还不开心，非要一百八十五元现金买新的，临轩拗不过便给了他，让他自己去买称心的。他拿了钱并没买新的，而是用这只表换走了临轩的老式黑色摩纹表，但戴了没多久摩纹表就不走了，他还给了姨夫，说现在宁可没有手表戴。

"脚踏车他一定要兰铃牌的（作者注：英国品牌raleigh，兰铃自行车是高档进口货，上海作家金宇澄曾在代表作《繁花》里提过该品牌自行车，说有个工人被人揭发解放前曾'参加黄色工会，经常抱舞女，穿尖头皮鞋，踏兰铃脚踏车'）。临轩带小庆去寄贸商店看过，一部只有六成新的旧兰铃车也要三百多元。临轩说宁可买国产的新车，但小庆只要买锰钢的，因一直买不到，他曾将蓼芬的自行车试踏了一个月，感到路远疲乏遂打消了买车的意思，他的买车的钱现在和婚嫁钱一起存在银行里。"

素美解释后来信中提孩子们不多的原因："平时他们要你寄这样那样我不传达，我定了添了某些衣服，或他们不肯做事，你就来信大骂一通，只这是告诉你的十分之一，你就跳脚，因为考虑你一个人在外面已经够烦了，有时我想告诉你一些孩子们的情况，都是些生病或气恼的情况，临轩总说你这些写给阿姊反使她挂念生气，何必使他们不快乐，对子女们失去欢心是不好的，故而写信就少提及孩子们的情况了。"

关于孩子们不给妈妈写信的问题："孩子们以前小的时候叫他们写信，好像是要用鞭子打一样地催他们，好容易挨到新写一封拜年信给父母。大了踏进社会工作了，他们不写信给你们，这种情况我也难说，万事都叫我传达，现在蓼芬小芬已有信给你们，你们自己通信，我很高兴。"

关于素锦以及元陵给家里寄钱的问题，素美再一次叫停："关于寄钱的事，我从来没有要求你一定要寄多少，也没要求元陵哥过，都是出于你自己的愿意和善心，总叫你少寄些，多来多用。所以以后请你不要强求元陵哥，因他自己有三个子女，每个人都为自己的子女着想，幼陵要为小田田节约半分钱而奋斗。我也该为元陵着想，不该去麻烦他，该从今起拦断了，所以只要你写封短信说明情况，我好向幼陵他们示阅证明，他们也能谅解不会见怪了。何必要你垫钱，给钱给他们呢，开例以后会造成什么后果，也望姊姊深思一下。"

素锦的小女儿小芬也写来一封信，措辞礼貌而委婉，可以看出她的聪明伶俐，联想素美在信中对她大小姐脾气的一贯描述，这封信可以为她拉回不少印象分。也许正因为她和素美一起生活时年龄最小，建立的感情最牢靠，素美才说起她来最不客气。

小芬写道：

最亲爱的爸爸、妈妈：

　　您们好！

　　光阴过得真快呀！您去找爸爸到现在已经十六年了，记得姨夫在苏州领我出来的时候，我身体非常不好，又瘦又黄生了肝炎，现在身体好了，已经长大成人了，踏上工作岗位很称心，赚来的钱自己用，姨夫、阿姨从不用我们钱，我有时还搞文娱演出，这是和姨夫的努力分不开的。请您们放心好了，但是也有很多时间没有给你们写信了，非常想念。

　　这次接到你的来信，阿姨哭了很多时间，晚上睡不着觉了，身体很不好，阿哥出差到无锡去了，阿姨叫我和阿姐给您写信。阿姨觉得从来没有教我们不好，我们写信少最主要是我们懒得动笔。

　　而且阿姨是最最宝贝阿哥，只要阿哥讲啥，阿姨宁愿牺牲自己一切，为阿哥买到，阿哥平时要买啥，阿姨总是帮他买到。我和阿姐做一件衣服或裤子，同时也给阿哥买好，只是没有做，阿姨说他结婚时候再做，因为阿哥不爱惜衣服，很好的毛裤子和衣服东扔西扔，他的衣服裤子和我们一样多，从不亏待阿哥，这都是我们最知道。姨夫平时对阿哥是严厉，最主要是为阿哥好，阿哥一点不懂事，阿姨和姨夫把我们抚养长大是化了多少

170

的心血，化了多少辛酸眼泪，这是我讲不完的。

……

阿姨、姨夫已经病休了，姨夫对我们每一个是有要求的，这也是要我们上进、好。自从你去找爸爸后，他希望我们每一个人有一个特长，他要我学习烧菜，起初我烧的小菜是墨黑墨黑的，好像很土，姨夫也严厉要求我，要我改进，现在我烧的小菜人人称赞有色香味，姨夫一样称赞我。姨夫要阿姐学写字，阿姐现在写的字非常好。他要阿哥学外文，阿哥学不进去，他要阿哥学语文和数学，阿哥也学不进去，姨夫问阿哥到底对什么有兴趣，阿哥回答不出。自从您离开我们到现在，已经十六年了，姨夫总要对阿哥说："你要好好抓紧时间学习。"他还说："我对你的前途感到耽心。"

……

其它的事情（作者注：房屋问题）让阿姐明天来先告诉你好吗，妈妈？

再见

爸爸、妈妈

身体健康、工作顺利

女儿 小芬

1973.1.19

语气亲昵乖巧，通篇没有说谁半句不好，但字字句句都是对阿姨姨夫的感恩与赞美，分明是在变相地替他们喊冤。

关于为什么聚餐不让小庆参加的问题，小芬表示哥哥都有参加："近来阿哥除了来吃饭以外，因为要去看女朋友，很少呆在家里，星期天也是要到临吃饭以前才来的……妈妈对我们的请客有意见，我们今后改正，但是阿姨、姨夫请客也是为我们的事情忙碌，阿哥除了出差以外，总是来的，我们自己人要坐半桌。"

关于为什么吃得好："自从我生肝炎以后，姨夫就一直主张我们吃得好一些，他说：'健康要紧，吃下去，比付医疗费好。'"

关于照片中为什么没有哥哥："在妈妈的信中问起我们寄来了这么多的彩色照片中，为什么没有一张小庆的。说起拍照片，姨夫是最起劲的，他经常要我们每人去拍照，他说应该有些'青春留影'，但是阿哥不喜欢拍照，照相馆也不肯去，认为不上照。"

素美说，"关于房屋问题，可以让蓼芬告诉你"。可惜蓼芬信件没存底（房屋问题见上一章，此处不再赘述）。

素美愤然表示，不想替孩子们管钱了："有的信是你自己叫不要给他们看的，你一封信好，一封信坏，好的他们看了作准，坏的他们看了不信，平时他们已经骄傲、自满，用钱不计算，说他们父亲有钱，更是要头重脚轻，平时你也叮嘱要说我们家没有钱的。如果你认为婚嫁费交他们自己保管，那么也请来信告知，不过小孩们没有经验，如果他们事先瞎花掉了，办正经事反而办不成，那么也请吾姊以后不要责怪我们。三个孩子的婚嫁钱同样存银行里，分文未动，上次你查账也告诉过你。"

在信的结尾，素美毫不客气对姐姐说："不多谈了，希望你能原谅我，我并不想表功，但希望你今后要鼓励孩子们学习增长知识，做一个有用的人，如果只讲溺爱，不鼓励他们上进，就会麻痹他们的学习精神，放任自流，物质刺激养成小庆纨绔子弟的习气，只会用钱毫无本领，任何事情都捏不上手。代候姊夫。"

6

素锦没料到，由于自己做事欠考虑，竟然引起了如此轩然大波，一向对自己毕恭毕敬的妹妹反应如此之大。

章文勋又去了多米尼加，她一个人孤守香港，连商量的人都没有。也许正因为一个人太过孤寂，才会遇事小题大做，从而引起这场纷争。

她深悔自己不该太冲动，为了平息妹妹的怒气，给妹妹回了一封长信，表示自己并没有怀疑他们的人品，只是因为分隔时间太长，有些误会而已。

素美妹如晤：

相隔十七年了，同你只是在信件诉说衷情，未免其中不够仔细，以至引起隔膜和猜疑……因我不明白真相情形以致引起一场大风波，这也可以说是因祸得福，也因为我会跳（发火），所以现在大明真相，否则误会越深，解说越难。现在你和临轩也不要气，害你哭了二天，我也是。但可以告诉你，我时常痛哭的，因为时有感触，有病有痛自己知，连倒杯茶的人也没有。

她自知理亏，既想表达自己的歉意，又放不下自己的架子。于是，中国人特有的智慧便自动上线了，那就是痛诉个人史，用自己过去的付出和不易，来换取对方的谅解和同情。

也就是在这封信里，我们第一次得以看到素锦前半生的命运轨迹。

父亲去世那一年，她十二岁，大弟元陵八岁，妹妹素美四岁，最小的弟弟幼陵才只是六个月大的婴儿。父亲临终前放心不下，专门把她叫到床前，拉住她的手说："老大，以后几个弟弟妹妹就靠你照顾了。"她流着泪答应父亲，不管多难，都要把三个弟妹抚养成人。

当时他们家在乡下还有几亩薄田，去看时已经被人霸占了，要也要不回来。母亲也曾想出去找活儿干，但她身体太瘦弱了，当时是敌伪时期，社会治安特别差，母亲连每天出去给他们买早餐，回来的路上都经常被人抢走，她连保护自己的能力都没有，遑论其他？

一家大小五张嘴要吃饭，但没有收入来源，生活窘迫到一星期的生活费只剩四角钱。

他们去管邻居借钱，问题是邻居也穷，拿不出钱来。穷人只有穷邻居。

有一次，小弟弟幼陵在家饿得哇哇大哭，她一会儿背着一会儿抱着，想尽法子哄，但怎么都哄不住，急得团团转。蓦然瞥到角落里的一只小银盾，那是父亲遗物里唯一值钱的东西。她便拿着那只小银盾，背着、拖着三个弟弟妹妹，一起去了金银铺，眼巴巴地指望着能换笔巨款。然而现实很骨感，这只小银盾只换了两元钱不到，只能买点馒头，先把饥饿对付过去。

靠卖东西终归不是法子，再说家里也没剩下什么值钱的东西可卖了。十三岁的素锦便出去打工挣钱，经人介绍找到一份月薪三十元的抄写工作，但因为住得远，每天来回的路费反倒需要四角钱，奔波一个月，到头只有十八元。后来换到离家近点的章家渡纱厂做工，一天能挣一元七角，还是不够养家。

随着弟弟妹妹们越长越大，口粮越来越不够，经常吃了上顿没下顿。母亲说："不能眼睁睁看着他们饿死！"打算把他们都送人，下家都找好了：大弟元陵送到孤儿院，小弟幼陵过继给本家，素美则送给一户姓罗的人家做童养媳。

恰在这时候有人来给素锦做媒，她便趁机提出以后要多接济娘家，对方一听就打了退堂鼓，说没有这个能力养她娘家这一大家子人。

刚刚燃起的希望又破灭了，母亲狠狠心，先把最大的元陵送进了孤儿院，再依次送走了妹妹和幼陵。

她们不放心，去孤儿院看望元陵，他抱住素锦苦苦哀求："姐姐，我不愿意在这里，你带我回家！"素锦泪如雨下，娘儿仨抱在一起放声痛哭。

哭完了，她擦干眼泪对母亲说："咱们一家人不能分开，去把弟弟妹妹们都要回来，我去找出路。"

素锦所说的"出路"是去做舞女。她听大阿姨说过，他们同乡有个拉包车的女儿出去做舞女，收入丰厚，可以养家，就住在蒲石路二十八号。第二天，素锦趁吃饭时间专门去这家看了看，看到他们家餐桌上有蛋有肉，回来便同母亲商量。

素锦回忆当时的情景："母亲怎么会忍心，她泣诉：'女儿，不能这样，这样一来不是害了你么？这一辈子就完了。'

我说：'我是家里长女，答应过爸爸的，无论怎样，都要把弟妹们拉扯大，我们一家人不用饿肚子。'"

她下了决心要走这条路，哪怕明知此一去，"舞女"这个标签将贴在自己身上，一辈子休想撕掉。

当时，很多贫寒之家的上海女儿都选了这条路。

1947年8月15日的上海《中央日报》上，曾经登载过一篇题为《禁舞问题》的文章，在这篇文章中，记者采访到舞厅业同业公会几位负责人，他们说，上海的繁华，大部分靠舞业来支持，因为舞女们要修饰，所以推动了时装业、皮鞋业、理发业、饮食业的发展。在这五千多名舞女背后，是两万多的从业人员，包括侍应生、职员、工役、厨司、经理、舞女大班、洋琴鬼（外国爵士乐手）等。而在这个行业群体的背后，是二十万个嗷嗷待哺的家庭成员，是他们的老父老母、兄弟姐妹。

但是，文章作者也说，本来跳交际舞这件事"在文化发达开明的社会里，非但说不上什么大逆不道，相反地却成为绅士们在交际场中不可缺少的礼貌"，但到了上海就变味了，很多人陶醉于灯红酒绿，追求享乐。"至于女人们，也有把它当做最后的一只棋，在没有办法的时候，大不了下海，动动腿扭扭腰，就可以'吃瘟生，着瘟生'"，而素锦，就是在这种"没有办法的时候"下海的女人。

做舞女的这一段经历她略过不谈，但猜都不用猜，无非是在欢场间辗转。母亲为她日夜悬心，总劝她"叶落归根"，早点爬出火坑，找个归宿安定下来。

然而下海容易上岸难。想找一个可靠的人，愿意帮她来负担一家老小生计谈何容易？倒是有愿意的，但都是些年纪大的，大到可以做爹甚至做祖父。

今天的人们，一想到解放前的繁华都市大上海，眼前会不由自主浮现出这样带着刻板印象的画面：百乐门里华灯闪耀，衣香鬓影，台上的歌女身段妖娆，捏着嗓子边扭边唱。台下的舞女莺声燕语，与恩客们搂抱旋转，或沉迷其中或各怀鬼胎，一派声色犬马，纸醉金迷。

而浮花浪蕊一般的素锦们，就在这欲海之中载沉载浮。在世人复杂的眼光中，她们用曼妙的腰肢承担了家庭的重担，被当时的民国上海文人刻薄地称为"货腰娘"。她们身不由己，咽泪装欢；她们迎来送往，彩袖殷勤；她们神情妩媚，内心疲惫——其实谁去在意她们的内心呢？但见"钿头银篦击节碎，血色罗裙翻酒污"。

只有金嗓子周璇在兀自一轮一轮地唱着：

"夜上海，夜上海，

你是个不夜城。

华灯起，乐声响，歌舞升平。

只见她，笑脸迎，谁知她内心苦闷。

夜生活，都为了衣食住行。

酒不醉人人自醉，胡天胡地，蹉跎了青春。"

……

后来终于遇到了比她大十二三岁的商人章文勋，她形容为"也是前世冤孽"。恰巧那时候他刚做成一笔生意，手里还有点钱，头脑一热便答应了负担她一家生活，素锦就这样手忙脚乱地成了他的外室，并很快有了大女儿蓼芬。生了孩子后，更索性认了命。

素锦说："如果换了现在，我肯定不会选择他。他岁数大，又怕老婆，嫁给他时，并没有给我所谓的聘礼，只负责给我平时家用。"

那时家里开销很大，除了一家老小，又添了大阿姨及两个佣人，钱到手后先扣除弟弟妹妹的学费，剩下的才是一家的生活费。要养活这么多人委实不轻松，所以章文勋对素锦的印象是她特别爱钱，成天管他要钱。

她生下儿子小庆后，章文勋因为怕老婆，曾有整整六七个月没来看过他们。她没钱雇奶妈，只能自己喂奶照顾，心里的凄凉煎熬无以言说。

"等到后来关系缓和些，又生下了囡囡（小芬）。她两个月大时，章文勋就带着妻儿去了香港，开始还按月给我寄生活费，不久他又遇到了新欢田竹清女士，便把我们母子抛诸脑后，钱也不寄了。"

失去了生活来源，孤苦伶仃、拖儿带女的素锦，又一次被拖入了生活的深渊。

生活日渐贫苦，渐渐沦为靠卖东西度日。最倒霉的时候大女儿蓼芬吐血，小女儿囡囡轧断脚，儿子小庆差点被人弹瞎眼睛，她自己头颈开刀……接二连三的祸患临身，她被压得直不起腰来。

当时素美已经结婚，性格硬气的素锦，困难如斯也未曾开口向妹妹借过钱。卖掉傢私，退掉后面一间房，出去到托儿所做工，在里弄开会教书，如果再不寻找活路，她就疯了。

1956年9月，素锦接到香港亲戚传来的消息，说章文勋要去美国，飞机票都买好了，再有七八天就启程，此一去不知多久才回来。她想：不能再等了，务必去香港，在他走之前见一面，问问他到底打算怎么安置我们娘儿四个，最好当面说清楚。她甚至做好了最坏的打算——离婚——的准备。

因为走得太匆忙，没有来得及和弟弟妹妹细说。两个大孩子暂时在邻居家吃饭，小女儿寄养到苏州一个叫阿梅的亲戚那里。原以为顶多一个月就回来，谁料这一来就是许多年，留在香港没再回去。

如果能预知未来，她当时就带孩子们一起来了，"不会烦劳你们这么多年，是你们替我担起了抚养、教育的责任，此等大恩，真不知道该怎么报还"。

十几年来她在香港辛苦漂泊，打工挣钱、省吃俭用寄回上海，以作抚养儿女之用，自己尚连一间安居之所都没有。

随着田竹清的离开、"老太婆"年老无法照顾人，素锦接手了章文勋，近几年他越来越离不开素锦，对她的态度越来越好。

"平时我不出门，他在任何时间打电话给我，我总在家，任何时间他到这里来，我也在家，很少看到我去出门买东西，他有钥匙自己开。凡此种种试出我与他人不同，才慢慢对我至诚……"她过生日时，章文勋还大方地送了她一块劳力士手表。勤俭持家，做小伏低，任劳任怨，随时待命，这样的表现是值得这样的奖励的。讽刺点说，是素锦用自己的"二十四孝"熬成了一枝独秀。

但是，身份决定了周围人也不太看得起她，有个亲戚背地里管她叫"见不得光的小老婆"，她出门在外总感觉低人一等。

"伤感的时候，我会给自己的人生做这样的总结：丈夫无缘罢了，儿女也无缘。儿女们对我并没有什么感情，以为我只要男人不要他们。兄弟六亲不靠，自成自立自撑持，骨肉亲门事事虚。虽然我自认坚忍不拔，但如今也无甚作为了：丈夫已是六十二岁，而且有病，"需要她无微不至的照顾，她的下半生注定被这样的生活捆牢了。"我到现在仍是黑市夫人，也不愿吐苦水。"

她已心灰意冷。

"现在你们对我有偏见我也接受，随你们愿意用什么态度来对我，认为我忘恩负义也好，认为我厉害也好，认为我是溺爱也好，认为资本主义的态度也好，我全接受，也无意反辩，因为我确实如此，我心灰意懒，生死也度之于外了，人莫哀于心死，既无什么希望也无什么前途，因为我的确受过人的恩惠，受你的支持，我只是提出讨论，究竟是有什么问题而已，因我粗心大意，用词不当，也不像你们有学问。个性急躁，事实上子女不通信，这许多年来不能不有一种想法，现在你们用各种眼光或试探，失望也由得你们了。"

她还表示要勒紧裤带，计划再还素美夫妇六千元人民币，以偿还替自己养育儿女之情。现在她更节省了，章文勋不来时，她大多吃八角钱一只的罗宋面包，这样她不用开火，可以省下些煤气费和菜钱。

"我知道你们夫妇恩爱同心，幸福为幸，勿以我命薄人相比，已经受恩，我也当归还你们，以前子女之支出所用之款往后通知。至于小庆，由你们自己作主，不理他也没有大关系，他也二十七岁了，自己也有岗位工作，看他自己的命运了。蓼芬、小芬也然。

"命如柳絮，随风而飘，能活几时就几时，捱得就捱，做不动也做，我看到你为我子女在辛劳、自己省俭，我是最了解你的为人，并不是有意伤害你。

"恕我无力执笔了，眼泪满眶……大家好，勿以我为念。"

见信后的素美，本来二十几天来"每日痛哭流涕，晚上通宵失眠，大量安眠药服用无效，脑海中波涛汹涌"，这下气也消了心也软了，经年回忆涌上心头，桩桩件件历历在目，她和姐姐，是彼此的血亲，更是彼此的恩人。

她躺在床上，把姐姐的信看了一遍又一遍，看一遍哭一遍，五页纸都被泪水湿透了。

这封信把临轩也看哭了，主动表态一定会不计前嫌，对小庆视如己出，恪尽养父之责。

暴风雨会摧垮一些不牢靠的东西，但也会洗净浮尘。

眼泪冲刷掉了附着在心灵上的龃龉，她们的感情像洗过的玻璃窗一样，重新恢复了洁净透亮。用素锦的话说就是"真相大白，雨过天晴见青天"。

两姐妹和好如初。素美为自己先前冲撞姐姐道歉，让素锦不用担心："我们始终是爱小庆的。"素锦开心写道："我心境也在渐渐开朗，恢复信心，再接再厉埋头苦干，终有一日成就。你和临轩，抱有善心，天也助之，日后福泽绵绵，同心合力，福寿双全。"

为表安抚，素锦寄回七百港币给酷爱摄影的临轩买了一架照相机。唯一受到教训的是始作俑者小庆，他好长一段时间都不敢到素美这边来。

从更宏观的角度看，这场用书信完成的争吵正逢其时，她们也需要一次不藏不掖的沟通，把亲情账户上那笔糊涂账好好理一理，对各自的收支进行一次阶段性的大结算。

尽管一直通信，但分别十几年无法见面，现实种种曲折隐情，又哪里是单靠文字能全部表达的？因信息量不足而产生猜忌，进而生出的嫌隙，都藏在人性的褶皱里，这次正好做个彻底的清理，以达成深度的宽谅与理解。

那一年也是姐妹俩通信最频繁的一年。素锦一共写了五十三封，素美三十二封。

有这么些话要说，主要是因为三个孩子的婚事。简单说来，就是他们都大了，需要给他们张罗结婚对象，素美凡事不敢擅专，事无巨细向素锦汇报，常常一写就是长篇大论，对他们的恋爱进展情况不厌其烦地描述。素锦也是，面对事关孩子幸福的终身大事，她有一种如临深渊的感觉，不敢掉以轻心。信来得特别勤，每周一封，封封信都是和素美讨论要怎么帮他们把好关。

关于三个孩子的婚恋故事，都可以再写一部精彩纷呈的家庭长剧《章家儿女的婚事》了。

蓼芬年近三十，多年挑来挑去总有这样那样的不称心，最后终于相中了一位姓颜的男子，相处了几年感情甚笃，临到结婚却检查出他患有肝病。

小庆和张姑娘的感情是一日三变、阴晴不定，磕磕绊绊中没有撂开手，但每天吵吵闹闹不消停，是一对欢喜冤家。

最让人头疼的是小芬，她迷上了一个华而不实、浮夸自私的马姓男子，与之交往已有半年，并已订婚。素美留心观察，看出马家人自称有钱实则底虚，他们看中小芬也是听说小芬的爸爸是香港资本家，陪嫁丰盛。素美说这情节简直跟电影《假凤虚凰》一模一样。该片是40年代的一部爱情喜剧片，讲述的是女主假冒富翁之女征婚，却遇到一名理发师假冒富商求婚的故事，情节曲折，风格幽默轻松，嘲讽了爱慕虚荣的小市民阶层。

但奈何小芬上了头，陷入爱情中的人听不进劝。正好，马姓男子的姐姐赛娜要去泰国找丈夫，路过香港，要在此地小住一阵子，还主动提出要去看望素锦，实则是想探探小芬娘家的家底。素锦正因自己鞭长莫及而苦恼，不想对方倒自已找上门来了，正好可以替小女儿把把关。素美提醒素锦小心应对，这一家人太过奸猾。

6月3日，赛娜到达香港后，给素锦打了电话。素锦随即打扮一新前往，平日腕上戴的是瑞士产白色芝柏表，那天特意换上了金带劳力士。手指上戒指就戴了好几只，红宝石的、翠玉的、钻石的，全招呼上了。素锦特别强调钻石还是足反的，这是章文勋当时带她去镶的，特别亮——钻石分单反和足反，单反钻石一般只有十七个刻面，而足反钻石拥有至少五十七或五十八个刻面，反光度更好。

她还借了小姑姑的车充门面，邀小姑姑一同前去，给她镇场子。

初次见面，双方不免互相打量寒暄一番。赛娜送了素锦一对石图章，素锦的礼物是一打香橙，又给了一百元港币做见面礼。

为尽地主之谊，她们又带赛娜出去逛了一天，经海底隧道去了浅水湾和山顶，午饭是在浅水湾海景餐厅请的，晚饭则去吃了潮州菜。一路上遇到的都是日本人的观光车，赛娜对香港的繁华惊叹不已。

半路赛娜晕车，下车蹲在路边狂吐，面色青白，素锦下车给她按摩后背，体贴关照。席间素锦问起赛娜家的情况，方知"先母开腰子即是她舅父"，她弟弟，也就是小芬的男友，现在业余正在跟着舅舅学开刀。素锦闻言面色微变，怔了一怔，没再多说，对这一家人的来路已知端倪。

赛娜谈到自己家世，刚微露夸耀之意，就被素锦不动声色弹压："在香港，是现实的讲钱的，不讲什么家世的。"

赛娜一呆，还未说话，素锦又笑吟吟道："香港这地方，是沙尘地无情水，你住下去就知道了。"

素锦心里很厌恶这种虚伪夸耀的做派，这种人在讲究实事求是的香港被称为"车大炮""滚友""假野"，没有人尊敬，很多上海人在这里立不住脚就是这个原因。

告别赛娜，素锦回家给素美写信："囡囡是井底之蛙，没有见过什么世面，眼眶子小，所以才会如此。……我已是柔中带刚，一百元港币也当我买东西送她，是我给囡囡的面子。也因为我刚来香港时没有钱寸步难移，见她也住在朋友家。"

赛娜借住在朋友黄小姐家，邻居周家姆妈住在里弄三十号，潮州人。周姆妈是星妈，两个儿子都是电影明星，一个是红透半边天的陈鸿烈，一个是电影导演陈浩。

赛娜买小菜时追着拍周家姆妈，素锦听说了很不屑，马上撇清："她去拍人家是她的事，与我们无关。"

过几日赛娜回请约饭，两人约在永安百货附近。素锦送给她一盒粉、一支唇膏、一支露华浓的喷雾清香水、一条裙子（花费五十九元），一双自己只穿过一次的鞋子。

章文勋从多米尼加回来了，素锦去赴约前他特意交代要明告赛娜，囡囡的父亲有两个家庭，如果他们嫌弃的话这门亲事就不必谈了。"应该声明在先，凡事实事求是，不要欺瞒，以免将来造成囡囡的悲剧。"如果马姓男子真爱囡囡，应该不会计较，否则的话早些分手，免得囡囡将来被轻视，"父母之爱子，必为其计深远"。

素锦照办了，并软中带硬说："谈婚事是看人，不是看身份家世。如果讲家世我们章家不会逊于你们马家。你们有显赫的家世，我们也有。章家有侄女在东京开面馆，单一幅地已经价值很多美金，妹丈开纱厂，侄子也出道，女儿、女婿在罗省做工程师。他们也有住宅。其实我也知道，不过不同你们讲罢了，因为我认为这些同我们是不搭界。"

在上海的小芬听说妈妈讲穿了自己的身世，很生气，认为妈妈丢了自己的面子。素锦故意在赛娜面前提及此事，佯装发怒，说儿不嫌母丑，既然小芬嫌弃自己的身份，那以后他们的遗产肯定不会给她一分钱。目的是想试探一下马家人的态度，到底是爱钱还是爱人。

果不其然，马姓男子对囡囡的态度立即云里雾里起来，开始"全面撒网"，又去约见别的女孩子去了，素锦一下子就试出了他们的势利无情。1973年7月5日凌晨两点，素锦夜不能寐，在灯下给小芬写了一封长信，苦口婆心道："小马的模样不错，你心中的幻觉使你迷失观察人的内心，我告诉你听，你不是他家人的对手……

"他为人如此深沉有心机，你会受不了的，做夫妻是一世不是一天，你要想明白，不能激动。你有什么心事可以大家商量的，家中人都为你好，最多慢慢拣，照你的品貌家庭背景及你自己有利条件，你可以拣人家，而不是让人家来拣你的。你也是千金小姐（不是说你千金，是说有这许多人对你关心），为什么要当丫鬟卖呢，你怕没有人要你吗？怕做老姑娘是么？我告诉你真的做老姑娘，你将来倒可能不愁，真的做老姑娘，爸爸倒有遗产分点与你呢，你命中不会的。这就是磨炼你，因为你平时喜欢要面子爱打扮，要穿新衣服不爱惜衣物，乱拖（脱）乱掼，脾气任性，就有事会激激你。这是世故，你应接受，分析它而不能意气用事，凡事三思而行，也不要因为再因婚事失败觉得没有面子，要分清事情，明白事情，这是我做母亲给你的忠告。现在深夜了，我长长几张纸写给你，就是关心你，指示你，要你好，望你幸福。"

怕小芬不听自己的，四天后的凌晨两点半，她夜不能寐，又去信给大女儿蓼芬，让她劝劝妹妹，"绝不容许这样的人做我们家的女婿"。跟着这样的人不会幸福，即使结了婚，将来也会离的。

在那封信里，素锦还回忆起了一件痛彻心扉的往事，那件事恰与马家人有关。

"还有一件事我也应该相告，即是你们的外婆是他二舅父开刀"，原来赛娜的舅舅当年给素锦母亲做手术，手术失败，老人家死在了手术台上。但是这位医生拿了钱就走，没有对病人家属说一句抱歉乃至安慰的话，"哪怕讲一声，即使讲一声，'太迟了，早点开还可以'，他都没有"。

素锦眼睁睁看着他拿着一大捆钞票扬长而去，只留下一个傲慢冷漠的背影。那情景像一根刺一样永远扎在了她心里。

"什么大医生，只会搭架子，摆派头，我付钱（讲金子计的），还要办丧事，那时候你爸爸又不在上海，你们想我当时多么凄凉心酸，阿姨、阿舅都太小，只有同人叩头求拜出利息借钱办丧事。"当时素锦借钱给母亲买了块坟地，让元陵去付钱，但被骗了，六十元美金打了水漂，到头来都没法给母亲置一口像样的棺材。还是章文勋回来帮素锦料理了后事。葬母是大恩，这也是她在章文勋困难时没狠心离开他的原因之一。

"这些事我清清楚楚，永不忘记的。这是说给你们大家知道。我没有同赛娜讲一句，其他我一切不讲，我想起了，就会涌上心头的。我不怪医生，我只觉得冷酷二字的意义就在内了。有这一段事情，连带他们家的血统可能也有关的。"

往事再痛苦再不堪回首，也是上一代人的过节，之前为了女儿的幸福她隐忍不说；现在必须要说出来，也是为了女儿的幸福。

就在此时，素美来信，说打听到马家隐瞒了他们一件事：小马的爸爸是个下放右派，还未摘帽——此事非同小可。

幼陵夫妇听说了，也上门来阻止这门婚事，让小芬还是断了好——这下全家达成了共识。原则性问题不容商量，小芬除了忍痛退婚别无选择。

素锦还是不放心，她想回去看看。

"十七年了，你爸爸头发都白了，我的头发也花白了，阿姨和姨夫也苍老些，岁月不饶人……首先我回来看看你们，即使我死了也口眼闭了，因为看见过你们的真样子了。时常做梦，梦里你们总是小时候的样子，你们已经长大，我仍旧是故梦。所以心中一直在挂念，想看看你们。"

但素美回信表示，此时万万不宜："十七年不见了，连梦见孩子仍是小时的样子，不见他们长大，实在也是人之常情，我们在主观的愿望上是非常渴望能见到你，但以客观情况，我还是像前几年一样地规劝你，希望你好好考虑，不要多此一举，如果你打算今后接孩子们去你处，目前就更不应该来，这与衣锦荣归不衣锦荣归毫无关系，你来二个星期就能将孩子们的婚事解决了么？"素美还说，烦恼琐事多了去了，如果样样告诉，她几天几夜都写不完。

"请吾姊千万不要误会，并不是我们不欢迎你来，我也很难讲，请再过一个时期看。"

时间尚是1973年，素美有她的顾虑。

7

那一年，素锦还在香港接待了另一位来自上海的女子。

女子名叫华云芝，是路临轩的干女儿，粤语叫"契女"，也算是素锦的亲戚。云芝婚姻很不幸，嫁到香港来，老公在外面有了人不回家，也不给她生活费，婆家待她又很苛刻。云芝为人头脑简单，没什么手段，被刁钻凶悍的婆家人吃得死死的。手里没钱，被逼无奈，就在外面帮人带孩子挣零花钱，日子很苦。素锦才微露关切之意，云芝便泪如雨下，哭得哽咽难抑。素锦说："你哭吧，吐吐气，闷在心中会生病的。"

身为过来人的她劝诫云芝："我来香港的时候比你苦得多，一想起来就要哭，但钱要一个一个攒，香港没有钱是真的苦，没有人同情的，所以你自己要省俭。"又因是老派人，就劝云芝要忍耐，忍到丈夫回心转意的一天，"守得云开见月明"，还要学着讨好婆婆，这大概是传授自己的经验吧。但云芝并没有在这桩名存实亡的婚姻里耗下去，最终选择了离婚，此是后话。

云芝给素美写信屡次提起素锦待她很好，处处帮衬，令她倍感温暖，十分感激。

同年7月，素锦在永安百货打九折花一百三十七元买了一瓶丹娜香水送给云芝，此外又送了一瓶开盒用过一点的粉，一只黑漆皮皮包，带子有点小毛病。过不多久她又送了云芝两件旧毛衫。

用今天的眼光看，送人旧物似乎有点失礼，但好在双方不介意，大概是时代特色吧。也是惜物的表现。

云芝送了章文勋一条价值不菲的领带，她赶紧回赠了云芝一只市价三四百块的印度玉镯。当时香港一窝蜂流行戴玉，"有钱之人买翠玉，无钱之人买白玉"。几乎人人身上挂件玉。可怜云芝手腕上空荡荡的，素锦看不下去，便送了她一只，云芝很开心。

小芬听说后很不高兴，说妈妈对野女儿比亲女儿还好，素锦忙告诫她做人不要小气，人有度量才有福气。并解释说，送云芝的镯子并不贵，本钱才一百多块，是章文勋之前做玉石生意，用手头的一点料花了十几块钱加工的。

真正贵的玉石是缅甸玉，一枚翡翠戒指要花好几万。

当时还没有找到缅甸翡翠玉的矿，物以稀为贵，很多人买翡翠当投资。其中以日本人为最，素锦称他们为"暴发户"，行情就是他们炒起来的。他们在市面上大量搜刮，连清代及民国时帽子上及小孩物件上的绿片也不放过。最好的戒面透水绿炒到了十万一粒，连带白玉、红玉、紫色的玉都跟着涨了起来。素锦很后悔之前没有多买点，现在只能是看着而有心无力。

素锦与云芝也会互请吃饭，例如有一次她中午请云芝吃西餐，晚上云芝回请她饺子和山东烧鸡。美食家蔡澜曾经盛赞六七十年代香港尖沙咀一代的美食，专门提到了山东烧鸡，"那时候的香港人已会欣赏北方菜，座无虚席。女侍应推车叫卖，铁箱中煮了数十只雏鸡，抹上五香粉炸过，再炖至软熟，手撕来吃的山东烧鸡，是多么受欢迎！"

对这两位故乡来的女子，素锦的印象迥然不同。她说赛娜虚伪奸猾，而云芝，她用了一句俏皮话来形容："草包大情大义。"不知云芝听了这种评价会作何感想。

7月份，素锦得到一个消息："小八子"要来香港了！

"小八子"系章文勋和正室所生之子，患有小儿麻痹，长相丑陋，很不得章文勋欢心，在嫡出子女中排行第八，所以唤作"小八子"。当年因故没有带他一起出来，由一位留在上海的兄长将他抚养成人，嫂子待他很刻薄。他每一封信里都哀求把自己接出去团聚，但章文勋一直不同意，每月只给他汇去五十元港币做生活费，过得孤苦伶仃。

素锦曾经告诫孩子们要知足，说"小八子也是你爸爸的儿子，至今所得仅五十元港币一月，也没意思让他出来。我反而可怜小八子，你们不像他生得难看，又不是半残废，还个个有工作有收入。他呢？每次写信想出来，可偏偏不想他来。他有什么错？个个讨厌他，而你们个个吃的好穿的也好，同他比比，不要再伤你爸爸的心……"

"老太婆"近期要回上海，打算把小八子领出来了。

素锦慌了，这意味着章文勋在港的遗产继承人又多了一个，对自己的孩子尤其是小庆十分不利。她赶忙写信给素美，叫小庆申请出来："此是一个机会，切莫错过，仅由我出面与他们并无抵触，此事关于孩子们的产权。如果小庆等放弃申请，那么将后他们也切莫再怪母亲不与他们谋同等权利。"

在给大女儿蓼芬的信中，她表达了"不妨向上级申请，或许领导照顾我们，使我们母女有见面之日，使我有个静养"的愿望。香港人情淡漠，各人自扫门前雪，没人管闲事，她经常看到报纸上刊登发现腐尸的新闻。腐尸皆年老无亲之人，病发无人照顾而亡，素锦不能不联想到日渐年老的自己，担心老无所养。

对小庆素锦则是"威逼利诱"，并时而激发斗志："你爸爸有写字间，他有自己的事业，我呢身体不好，也极想自己亲人在身边。你现在成年长大，明白事理，极需争取母亲的地位环境，也即是争取自己的利益，不要白白被另一个家庭分去。你是我的独子，我受苦受气三十年，为了争口气，让你们有名有份。为了思念你们，我已经流了不知多少眼泪。"

时而透露自己有保险箱，内藏值钱物件，她不愿意将自己省下来的心血落入其他人手里。"这次我告知你们，我们已在晚年，身体不好，希望有个子女在身边，我个人也有保险箱，内中有首饰等，此是我在家用中节省下来的，精打细算之中积下来的，具有保值性的储蓄。另外我名下还有一些股票，不是投机而是投资，都是我私人财产。我不愿我的心血被人白白拿走，只有自己子女有承继权，一旦我有意外，那么此地拖延推搪将后有各项问题，因此失落，如果你们放弃，那么我将在有生之日过一日是一日。"

她所谓的保险箱，是在银行每年付三十港币租的。香港治安不好，家家流行租个保险箱，她也跟风租了一个。保险箱里放着章文勋给她买的绿宝石、独粒钻等首饰，她自己省钱买的金子和一些翡翠挂件，她称后者为"蹩脚的花件"。有一次她去开保险箱，章文勋要一同前去，素锦明白他是想借机查验给她的东西还在不在，便给他看，他见都在，方放下心来。

为此素锦还和妹妹妹夫之间起了争执，小庆申请赴港得不到批复，她却认为是他们不舍得让孩子来港。说就算你们不放，他们大了迟早也要成家，将来哪里会顾到你们？她气呼呼地说："我同你是姊妹情深，有今生没有来世，我知道你待孩子们好……夫妻有缘，儿女也有缘，他们同你们有缘，所以你们在一起……他们如果与我有缘自然有日见面，与我无缘想也无用……不写信给你们，你们担心，写多了，写错一句要捉字虱，我希望你们要气量大点，指你们五个人。"越写越激动，写得自己头晕，干脆搁笔了。

其实就此问题素美已经在上一封信里替自己辩护过了："如果我自私，我倒是希望孩子们很快全部到你那里去，我可以省却了为他们今后婚姻、衣着、病痛，甚至再下一代忙碌、烦恼，托人请客送礼代他们介绍对象，婚姻完满后，生儿育女还要为他们本身以及他们的第二代忙碌，尽到种种义务，这一切都可以免掉了，而且任何埋怨都不再会临到头上，我何乐而不为呢，但权力不在我们。我想你应该明了的，请原谅我的苦衷，主观的愿望往往不能吻合客观的实际。"

奈何此时的素锦完全听不进去，信里的话说得越来越难听。素美看了，又气得大哭一场："我完全明白理解你做母亲的心情，我虽不曾生育，但在先母身上，你的身上，以及一切为母亲的身上都领会了这种深切的爱，我一直拿你当自己的再生母亲看待，我们姊妹情深，我对你的尊敬和爱一直是放在第一位的，对孩子们我们是极爱的，一方面是因你的关系，另一方面当然是生活在一起有了感情，但我们没有自私到不顾亲情割断你们的爱，走得了走不了主意不在我们，我一再和你谈起，主观愿望与客观实际问题，这一点我是想使你们明白的，我知道你身体这样的坏，随时随地会病倒不起，生病连个亲人倒杯茶都没有，我虽到（倒）是这样的心狠吗？我不爱你吗？不！我恨不得插翅飞到你身边，怎会不渴望孩子们来呢，你现在总该明白我的心情了，希望你再多看看信，不要想到歪边去，不要发怒，刺激，这使我们太难受了……"

在接子来港争产这事上，素锦的姿态太过于急切，忘了藏好尾巴，终于一朝惹翻了章文勋。章面红耳赤地警告她："你以后不能再去信说'遗产'两字，免得他们做白日梦！能出来也要自己工作，自己养自己！"素锦这才讪讪地收敛了，好长时间没敢再提此事。

再后来入港人数限制，每日只能入境五十人，1975年香港机场甚至出动了武装警戒防止人员涌入，来港变得难如登天。再加上儿女都有自己的正式工作，不舍得丢下，后来又找到了各自的恋爱结婚对象。双方从现实考量，便将来港的念头渐渐压下。

而那位"小八子"，他的结局更悲惨。

他没来成香港，于第二年7月在睡梦中离世，死于先天性心脏病，第二天早上才被人发现，结束了爹不疼娘不爱的一生。

噩耗传来，素锦痛哭了一场，饭都吃不下。按理说犯不上如此，毕竟和自己的孩子是竞争关系，兔死狐悲可以理解，但何至于悲伤至此？

幸亏有素美的回信，回答了这个问题："想当年，小八子来家里，吾姊慈爱万分，留住半月，视同亲生，问寒问暖，亲自照料，无微不致（至）。孩子们到现在还述及当时情境，历历在目，追念万分。"

原来竟还有这一段渊源。当年在上海时，素锦亲自带过这个孩子一段，他和囡囡同岁，孩子们在一起玩得很好，所以对他有一份特殊的感情。

小八子的意外离世，对章文勋打击很大。他情绪低沉，日渐消瘦，一坐大半天默默无语。他左脚大拇指被石料砸伤，淤肿紫胀，素锦劝他去看，他也不肯，宁可每天一瘸一拐，仿佛是对自己为父失职的惩罚。素锦看在眼里亦不敢多言，痛在心里却不敢当着章文勋的面哭。

素美劝慰道："可怜小八子缺少亲人的照料，但人死不能复生，无益之悲有损健康，希望你们伉俪勿以七情六欲所伤，浮生若梦，人生原是过眼烟云，希望你们将慈爱施于其他兄弟姊妹们也是一样的。"

是啊，人生原是过眼烟云，就顺其自然吧，不折腾了。素锦就此把接孩子来港的执念轻轻放下。

"虽年龄大了思亲，但我也不勉强，年轻人想出来机会极微，而且你们都有工作岗位，在国内日子过惯了寿命也长点。国内国际地位上升，世界各国都同国内做生意贸易邦交，你们比我们此地利多。不像这里，人们生活压力大、肝火旺、得高血压、心脏病、神经衰弱、失眠症、癌症的人特别多，现在连坟地也没有，都是火葬。"

此言并不夸张。1973年的香港经济下滑，遭遇了前所未有的股灾，跌幅高达91.5%，历时二十一个月之久。

素锦没能幸免，她跟小娘娘合股亏了一笔数目不小的钱。前期素锦想割肉蚀一点本算了，但小姑姑不肯，结果赔了个精光，"蚀得连骨头都疼"，她得出的教训是"合股最不好"。

何止素锦，那年很多香港小市民散户都被割了韭菜，数以万计的市民因此而破产，甚至自杀。那时流传一个段子，说香港的精神病院里也设有证券交易所，专为因炒股票发了神经的人而设。

这就有必要了解一下当时的国际及社会经济背景。

1972年尼克松访华，中美关系破冰后，中英关系随之改善。借着这股东风，香港股市万马奔腾。1973年，越战停火，港府宣布兴建地铁，各公司相继派息并大送红利，加之西方国家金融继续动荡，香港股市更加狂热，宛若遍地黄金。香港市民一窝蜂抢购股票，"只要股票不要钞票"，股价一路高涨，远远脱离了公司的实际盈利水平，为后来的股市埋下了种种隐患。

政府率先感到苗头不对，开始进行干预。

财经作家孙骁骥在《1973年香港大股灾纪实》中写道："自1973年1月起，政府就在三令五申，禁止公务员利用办公室电话或擅自到交易所炒股，同时勒令交易所逢每周一、三、五下午停止交易，以此冷却过热的股市。4月4日税务局突然在各大报章刊登'买卖股票之盈利须纳资本增值税'，人心更加不安。"

1973年3月，触发股市地雷的事件终于出现，那就是"合和假股票"事件。

3月12日的《工商日报》上刊登了爆炸性新闻：市场上发现了"伪造合和股票"，这些假股票一共三张，面值千股。市场里还有多少没被发现的假股票呢？不得而知。政府立即通知交易所暂停买卖，之后警方也介入调查。很多人害怕自己手中持有的也是假股票，于是将股票一股脑卖出，落袋为安。新闻曝光当天，恒生指数下跌了四十点。越来越多的人选择抛售。在接下来的第二和第三个交易日，恒生指数分别下跌了六十点和七十点。

至此，恒生指数在到达历史性的高位之后，开始了一泻千里的下跌。恒生指数涨到1774最高点的时候是在3月9日，3月21日，恒生指数一路下跌，来到了1192点。

偏偏在股市断崖式下跌之时，香港的银行依然执行之前既定的操作，收紧了银根，大幅降低贷款放出的幅度。在1973年一季度之后，银行的新增贷款比率降至上一年的一半。香港税务局也在此时宣布要对股票投资收益征税。各种利空因素让恒生指数顿时失去了支撑，在4月9日跌破了1000点的心理支撑线之后，持续滑落。

90年代香港TVB热播剧《大时代》里，就有以假股票事件为原型的桥段。有一个情节令人印象深刻，生动地再现了当年香港股民的疯狂：刘松仁饰演的方进新面对拥堵在交易大厅外的狂热股民，一怒之下拉出消防龙头，向人群狂喷水柱，但疯狂的股民丝毫不为所动。这不是夸张，"水冲股民"当时确有其事。

这一切，被当时的素锦看在眼里记在信里，1973年3月她在信里这样写道："此地人人在炒股票保值如痴如狂，小娘娘对我说，她也想去做了，早点做还可以赚点钱，现在的价位如此高，如果稍有变动，损失的是我们小户，此地香港做股票是实足实地，有时被她拉去看看。在电视中看到股票市场的动静，现在人不可以进市场。政府一次一次压制狂潮，但压制不了人心，所以只做半天，一个上午而已，抽税特重，印花税也加，还是压不下来，地产股票日高，市面一片狂热。"这与当时的官方记载完全吻合。

饶是她冷眼旁观，但贪心与从众心理最终还是驱使她入场，成为"乌合之众"中的一员。

亏钱后她日日在家以泪洗面，夜夜失眠到凌晨四点，需要吃安眠药才能睡着，心火肝火一起上亢，牙齿发炎，腮帮子肿得老高。

1973年7月9日凌晨二点半，被牙痛折磨得难以入睡的她，翻身坐起给女儿蓼芬提笔写信，描述了股民们的凄惨群像："没有一个不做大闸蟹，被股票绑死。打肿面充胖子，撑的住的硬撑，撑不住的叫苦连天，个个都扎死了，借也没有借处。都变穷光蛋了，一千七百七跌到五百三十五点（注：恒生指数），即是以一千七百多的本金现在只剩了五百块钱，有的还不止这一点，凡属机关，大小商行、商店、职员、教员、女工、菜贩等等无一不是。"

"有许多女人将首饰卖掉去买股票，将房子卖掉去买股票，还进银行押了再买的，那真是不堪回首，还欠了一屁股债，银行追息，所以许多人发神经，想不开自杀。"

她身体虚弱，却不肯去看病，原因现在看起来很可笑："看一次医生现在要六七十元，中医更贵，有些医生做大闸蟹（被股票套住），心境不好，药可能会开错（据说医生最赚钱，个个都做了大闸蟹），报上讽刺。所以病不得，小病自己处理。"

又有坏消息传来，世秋叔患了肺癌，入住葛量洪医院。这是香港一所公营医院，成立于1957年，在第22任港督葛量洪任内兴建，位于香港岛南部的黄竹坑，初时主要提供痨病治疗，由香港防痨心脏及胸病协会管理，现在又称为"香港心肺科医疗服务中心"。

1956年，素锦一路漂洋过海来香港，就是世秋叔陪着的。此人一生嗜赌，家业凋零，太太发疯，现在自己的病也已到晚期，只能在收费较少的公营医院度过最后的时光。

"触目惊心的事太多，年老的更是自危、自郁，能有几个想得开的，今日不知明日，我当然不应该这么消极，除了警惕、节省、忍受之外，有什么可以解决的呢？"

那年素锦夫妇破例出去看了两场电影作为娱乐。原来是因为章文勋怕她想不开怄坏了身子，4月，强拉着她去看了一场电影，是文艺片。两个人看着电影中的情节涕泪交流，也算是借他人故事浇胸中块垒，发泄了一下。7月，章又拉着素锦去看了一场，这次是喜剧片，目的是让她大笑一下。

更多的时候两个人大眼瞪小眼，互相发脾气。章文勋生意不景气，资金搁浅，手头货物滞销，再加上身体不适，便经常无缘无故地朝素锦发脾气，素锦炒股赔了钱理亏，不敢还嘴。"因为我自己知道，年龄和身体都不能出去找工作，也找不到的，这是实情。"再苦苦忍耐，也有实在忍不住的时候，气得身体各部分都串痛，就开始反击，甚至一气之下预备同章一拍两散。

祸不单行，保险箱里的碎钻又莫名其妙丢了一包。碎钻一共四包，是章文勋花一万元买下交给她保存的，不偏不倚，丢的偏是货色最好的那一包，而素锦的怀疑对象竟然是小姑姑。上次去开保险箱的时候小姑姑也同去了，她回忆起当时情景：箱子未锁上，小姑姑忽然让她看隔壁，然后又催她快走……也许是邻人遗斧吧？说不定是章文勋偷拿去做周转也未可知。没有证据，只能吃了这个哑巴亏。事后她换了一家银行存放保险箱，冷落小姑姑好几个月，但这口气怎么也咽不下，气得肝疼。

麻绳偏挑细处断。9月，素锦左乳房旁边一个长了几年的肿块，医生之前说是粉瘤，现在忽然红肿变大，又痛又痒，敷了黑药膏（应该是鱼石脂膏）之后反而更肿了。她怀疑自己得了癌症，在信中向素美哭诉："我现在在困境中，谁来帮我谁来扶我，我一生都在被剥削，我能怪谁？假使我查出癌症的话，我也活不了多久……"

素美立即回信叫她回上海医治，主动提出照料她："虽然你处技术方面先进些，但手术时及以后的休养，无人贴心照料，何况请陌生人住进你家照顾，你与姊夫都不会放心，如果等孩子们去，又渺茫得不知要等到何年何月，时间不能等人。你回上海进行手术，开刀后最少得休息半年以上，我们会尽到一切主观努力来服侍，一切都不用你操心。"

后来证明是虚惊一场。其实是粉瘤发炎了，她自己试着挤了挤，挤出很多黄色奶油般的小米粒状分泌物，于是每次挤一点，一天三次，用几天时间竟然将粉瘤全部挤干净了。

妹妹来信了："今日收到10月8日动人心弦的来信，又惊又喜，使我们日夜不安的心情顿时开朗，去掉了心中的一块大石，并使我们喜欢地流下感激的眼泪，感谢上苍的保佑，由于你毕生的心血高贵，你的善良的内心使你处处逢凶化吉。"

看着字字句句的宽慰之语，素锦热泪盈眶。

物价暴涨，香港市民生活水平每下愈况。素锦给妹妹的信里写："我们这里赚钱的机会日少，薪水阶级的人也在叫苦，我们更苦，在心里讲不出。省来省去也省不出，开支日增，百物贵，有什么办法呢？我节流已是无可再节的了。下半年度更加会恶劣，甚至有什么情形发生是任何人不能预料，唯一办法即是，坚忍而渡过难关。"

菜价上涨严重。在外面随便吃一碗面都要四元，菜贵到虽然晚上两人在家吃，一顿饭的小菜之费也要十元左右，和在外面吃不相上下，下雨时菜更贵。所以有时他们就出去吃，广东素北菇饭一碟五元，有时吃馄饨面、粥等，需要七八元。为省钱，章文勋上班曾经自带三明治当午餐，但天热食物容易腐坏，素锦实在于心不忍。

家中常吃的菜是卤咸菜，也要二元六角一斤，青的卖到三元六角，黄豆芽都要二元了，主菜只好是更便宜点的辣椒萝卜。也只有章文勋来时，她才舍得花钱买点水果。水果洗净、削皮、切好、装盘，端到他面前去，"他吃切下来的果肉，我啃果核"。

面也要一元一斤了，米是二元一斤，好猪肉要九元六角一斤，海鲜更贵而少。人口多收入少的人家，多数都是大人挨饿，让小的吃饱。

不烧饭的时候她就吃面包，普罗大众贪便宜吃饱算数，所以面包店生意空前好。小油条二角一根，方面包八角一磅，半磅四角，硬面包（罗宋包）大的八角，中的四角，小的二角。

居安思危，她担心自己不能按时寄钱，提醒上海家里要有储蓄意识："未雨绸缪，莫待临渴掘井。"想寄点旧衣服，奈何香港邮局出台了不准寄旧衣服的新规定，邮局的包裹堆积如山，根本寄不出去。

8

梦魇般的1973年总算过去了，人们期盼来年能好一点。然而谁能料到踏入1974年后，中东的石油危机，又影响到了香港，原油价格两个月内上涨了四倍，石油附加品价格由此上涨了百分之七十。

流年不利，那一年是虎年，素锦说谐音"苦年"。

石油荒导致百业萧条，香港不得不开始灯光管制，只有下午六点半到晚十点半可以开霓虹灯，违令者罚款或者坐牢，此令一出，从前灯红酒绿的香港夜景大为减色。素锦在信中说，为了省钱，很多爱吃早茶的香港人把这一项爱好戒了，许多茶楼酒楼关停。

但也不是绝望到底。1973年的12月9日，素锦曾在信中写道："最近能源缺乏，影响很大，当然祖国也在照顾香港，将在香港青衣岛设立炼油厂，香港市民大部分食物依靠祖国，香港也是祖国的土地。"

素锦一句话里共提到了两件事，一是内地将在青衣岛建炼油厂，一是内地对香港的食物供应。

这里就不能不提及一个驻港央企——华润公司。这两件惠及香港民生的大事，都是由华润公司负责完成。之前香港水荒时，去广东取水的也是华润公司，他们出动八艘轮船，昼夜不停往返于内地和香港之间。

华润公司中的"华"取自"中华"，"润"取自毛泽东的字"润之"。华润公司成立于1938年，它的前身叫"联合行"，最初只是一间小小的贸易商号，由中共早期领导人精心布局，系周恩来亲自指示，陈云一手策划而成，以贸易为掩护，在军事、统战、经贸方面做了大量工作。

抗日战争时期，联合行作为八路军驻港办事处领导下的一个秘密机构，与廖承志、潘汉年领导的八路军香港办事处、宋庆龄领导的保卫中国同盟，联手开展抗日募捐活动，为前线浴血奋战的八路军、新四军输送了大批药品物资。抗战胜利后，联合行按照周总理指示进行改组，更名为华润公司，承担了更重要的使命。

新中国建立时期，华润公司为确保香港市场供应稳定，在本地众多领域投资，促进了香港的经济发展。（吴学先《红色华润》，中华书局2010年版）

陆地面积1113平方公里的孤岛香港，生活物资大部分需要进口，港人的食物百分之五六十来自内地。按照中央部署，华润公司旗下的五丰行，从上世纪五六十年代开始，逐步承担起内地对香港粮油及鲜活食品的供应。他们一开始走的是水路，因为时间太长，几百头猪漂洋过海到香港，到岸仅余一头"猪坚强"，其余都中暑死掉了。1962年，内地在自身也极度困难的情况下，依然决定从武汉、上海、郑州向香港开出三趟专列，专门用于运送蔬菜、水果、活鱼、活鸡等食品，以解决港人的菜篮子需求。这三趟专列被称为"香港生命线"，它们每天准时运送，一直坚持了四十八年，到2010年才光荣"退役"。

地理位置特殊、多灾多难的香港，在70年代初期又遭遇油荒。这一次，仍是内地出手相救。港英政府布政司通过华润公司向内地求助，内地当即雪中送炭，向香港出口石油。据当年的目击者回忆，1972年1月6日，第一次运送的石油抵港，五百桶石油竟然不是用油轮而是用木船，船身上印着"伟大的领袖毛主席万岁"，令人印象深刻。在香港遭遇油荒之际，英美六大石油公司纷纷加价，只有内地是平价输出。华润公司随后在青衣、沙田两处购地建立油库。1974年，内地承诺，稳定输出平价石油三十万吨，最终解决了香港的石油问题。

这是20世纪的70年代，离香港正式回归还有二十多年，那个时候，内地已经开始关怀照顾香港。素锦信里提到的寥寥数语，流露出香港普通人的感念于心，以及一种无需理由的依赖和下意识的归属感。

章文勋的生意入不敷出，小姑姑家的厂子因接不到生意，工人也减半了。素锦严令上海家里"不能铺张，不能请人吃年夜饭及春茗，这点钱也不够的。每个人把钱存起来，当作没收到，过节烧二只菜吃吃算了"。并批评妹妹妹夫不懂人心复杂，为人太过热情好客，其实是愚蠢。累得半死做一桌子菜，人家不吃白不吃，当然嘴上说好听的，其实心里嫉妒他们经济条件好。她的钱是辛辛苦苦一分一分积攒的，"为了这三个小赤佬，我倾注了我的全部积蓄"，自己省吃俭用寄给他们，可他们却不节省，三个孩子一个也没有婚嫁，请客倒请了多少？

　　"不要做阿福寿头，做人你自己不精明，人就会吃掉你，连骨头也不吐，香港就是这个世界。"

　　本以为压缩开支就能渡过难关，不想物价疯涨雪上加霜，"生活用品及各项公用事业陆续加价，柴米油盐酱醋茶无一不涨，涨得心惊肉跳，一日一日价格不同，民生怨声载道"，连厕纸都飙到了一元五角一卷，香港人开始了一轮抢厕纸囤厕纸的风潮，"油荒后面是纸荒"。她写道："此地香港的生活一天比一天高，非你们能想象得到的。我已经节约得不能再节约了……但香港政府却无意管制物价，听其自然发展。"

　　瘦猪肉涨到了十一元一斤，牛肉涨到十二元一斤，蔬菜日用品一天一天在高涨不已，人人喊贵。连以前人们不屑的罐头食品也被抢购，云南火腿的价格每罐是九元。

烧小菜用的广东双蒸酒四元二角一瓶，绍兴花雕要十一元，一瓶鸡精五角。素锦平时便不烧菜了，以咸菜为主菜，主食要么吃面包，要么冷饭隔水蒸熟。章来时才烧点鸡毛菜或菜心，不吃肉，更不吃鱼，因为鱼比肉还贵。想吃虾就去外面吃碗云吞面，广东云吞里面有虾。

整整一年她只吃过一只鸡，一斤就要九元五角，二斤多一点花去十九元八角，付钱时"骨骨抖"（心疼哆嗦），心想以后可不吃了。鸡买回来一点都不浪费，半只红烧栗子冬笋，另半只用咸菜烧汤，加点冬笋。

有一阵冬笋便宜，二元一斤，于是冬笋就成了素锦餐桌上的常客：冬笋片炒肉片，冬笋片炒豆干，冬笋片炒青椒……吃得脸都绿了。后来章说炖蛋汤最便宜，他们就喝蛋汤度日。

在这种拮据的情况下，她仍然发誓要再把钱攒回来，于是加倍苛待自己，不添衣服不买鞋，"一粒米饭都不掉"，用拼命节流来惩罚自己，这样就可以再给上海的家里多寄一点，给小庆买他想要很久的相机了，"因为我做错了，我不应听信人的话去投资股票，蚀掉的钱一定慢慢积出来。我的内心心酸非常，我的眼泪一滴一滴在滴下来"。

她把自己活成了女版葛朗台，连章文勋看了都于心不忍，过来吃饭的时候每顿主动上交五块钱作为贴补。

她现在早不去理发店洗头了，自己在家洗。有一天洗完头照镜子，自己吓一跳：镜中人一张松弛的肉脸，披散着头发，头顶花白一片。什么时候这么些白发了？平日头发往后梳倒看不见。骤然想到，马上也是整五十岁的人了。

五十岁生日是大生日，按理该好好热闹一下，但她不打算过。临轩的母亲过寿，她按例寄去贺金："今日我在银行汇出港币二百三十元整，你将人民币十元送与奶奶，她年纪大了，希望老人家她高兴点。老人家是福气，寿是修来的，故而我虽然数目小，只能算一点心意。今年我是五十岁，我也不提生日，奶奶生日我也生日，叩福大家吃面也算代表我做生日，明年我们环境好再说了。生日年年有的，今年香港情形特殊，市面一片不景气，有生活能过得去已经是好的了。"

3月18日，女儿蓼芬写信来说："时间过得真快！再过半个月便是妈妈虚岁五十的华诞了，在这里请允许我代表大家遥祝妈妈华堂偕老，鹤算绵长……"她说大家商量过了，等妈妈过生日那天，阖家吃长寿面遥祝妈妈健康快乐。

素锦感谢女儿的祝福："我很高兴知道你们收到来信及汇款，以及蓼芬祝贺生日的信，世界上最珍贵的是钱买不到的一点心，及一份爱。世界上爱有许多种，每一种爱都是出于内心的爱，父母子女的爱、手足之爱、夫妻之情、朋友的友爱等。所以我多谢你们关怀，也祝你们互相更关怀，更真诚的互爱。铜钱银子吃得完，用得完的，而且有什么风浪波动，经济动荡以及生活上遇到有什么困难之时，金钱也很快会变动的，也没有保障的。

"所以我很想开，只要有内心的爱比什么生日礼物都好，虽然五十岁也是大生日，如果你们姨夫、阿姨、蓼芬、小庆、小芬之间彼此能了解能爱护，互相关心大家，我已经感到安慰了。世界上再有什么亲得过自己人呢！"

素锦的生日是4月2日，事先跟小姑姑说过一概不请吃饭不收礼，只有章文勋同她两个人过，章封了个现金利是给她。中午他请她吃了西餐，下午分食一个小栗子蛋糕，晚上每人一碗虾腰面。她觉得这样甚好甚清静，香港各人家有各人家的事情，大家都管请柬叫"粉红炸弹"，人情往来越少越好，免得人事及精神上烦恼。

"这是我与章最享受的快乐了，他什么都没有嗜好，连打牌他都不打了，目前连医生都不看了。他说每星期七八十元省掉了，一直都是吃这些药。我不便多说什么，最近身体有点差，我劝他去看医生，他说不看。我目前仍是这点生活费，我也不好意思开口要他加。"

这种情况下，章文勋还忘不了他的西餐习惯，但一顿西餐需要几十块钱，又吃不起，那怎么办？他想到了退而求其次的山寨做法：晚九点以后花一块多钱买点油条及肠粉，再冲包牛奶红茶，聊做慰藉。素锦觉得好笑，她自己连烫头的钱都省了，头发随便找个皮筋一扎，而他的大少爷脾气还不能改。

不过素锦对此地的西餐也很不屑一顾："十分蹩脚，没有上海那样的好味道。"

由于失业人口太多，原先的工人被逼着去做小贩，没有摆摊的地方，"披星戴月地抢地方，先到先得，真是一壳眼泪"。

做生意的人捉襟见肘东挪西借，小姑姑的那些朋友，"七只盖八只缸，甚至四只盖盖八只缸，在变戏法"，他们嘴里说出来的话都只能信三四成，"市面越是不景，败类越多"。

人与人之间连最起码的信任都没有了，别看来港的上海人没事聚在一起打麻将讲吃讲喝讲赌——对，现在香港人风行赌马了，赛马日是大日子，但做事前都先在背后打听当事人："这个人靠得住吗？事业成功吗？有家底吗？"如果有利可图，便一拥而上你抢我夺，"像刨黄瓜似的"，素锦称之为"势利"。

街上人们步履匆匆，只买必需品。对穿着已经不注重，首要任务是填饱肚子。"只有银行区、尖沙咀区及高尚住宅区人的面貌衣着尚还考究，看起来舒服一些，普通地区的人们穿得马虎，颜色不好就罢了，一个个头发长得都不打理。"

香港地处亚热带，人们本就皮肤黄黑，再加上生活紧张，情绪不好，不加修饰，看上去更黑了。素锦心酸又刻薄地记录："人人头发油腻，人人绷紧着面。""看得心里有种想法，人穷卖相也变了……"这是一个升斗小民眼中，70年代中期香港市民的精神面貌群像。

治安不良，进电梯里要防打劫，回家又怕被人撬门入室抢劫。"目前甚至发展到用刀逼人开住户门，三四个人一窝蜂进去打劫"，警察根本管不过来。

匪徒嚣张到什么程度？她小姑姑的朋友住在官塘（观塘旧称）区，家住七楼，有一天上楼时被人用刀逼住开门入室。这些匪徒都是二十来岁的青年，心狠手辣，拿不到钱就顺手刺一刀。带头的逼她交出金钱后，命令手下用绳子把她捆住，嘴巴塞住，电话话筒拿起来放到一边，外面人打不进来。满屋子的家具都用刀劈烂，翻了个底朝天。

更有甚者，如果苦主报案后，匪徒被抓，等刑满释放出来后还要寻仇报复。章文勋家有一次被偷，他儿子起身追贼，并将其扭送警察局。一听说其刑满被放出来，章文勋连忙举家搬迁，房子留给了业主。果然小贼再次光顾，这次倒霉的是业主，特特跑来向章文勋诉苦。素锦抱怨道："你们想想看，这成什么世界，所以我不出去，就是理由之一。"

素锦为了安全，减少外出机会，要出去就趁上午街上人最多的时候，买东西一买就买多点。但坐在家里就真的安全么？未必。总有人按她的门铃，她开门出去看却空无一人，此乃"盗贼问路"，她惊惧不已，战战兢兢，提笔给儿子小庆写了一封绝望的短信："因目前盗贼见人略反抗即伤人杀死的报道一篇篇，我实在想要见见你，心中哀鸣无人了解，望儿请求申述，俾使早日母子见面。"

鉴于她情绪躁郁不稳，为了让她转移注意力，章索性给她买了一台电视机，日本三菱牌的，二十寸大，能收七个台，花了二千五百元。素锦很得意，因为他给大老婆买的电视是黑白的，给她的是彩色的。小姑姑家的和她的一样，但只能收四个台。

有了电视看，他们就更懒得出门了。章文勋一回来就坐着看电视，也不出去吃饭了，素锦在家的劳动量明显增大。

每星期四晚上，章文勋雷打不动要看电视，只因那晚的节目里有女歌手舒雅颂的演唱。

舒雅颂现在很多人都不知道了，她当年很红，面容姣好而声线沉稳，是著名的翻唱歌手，一开始唱国语歌曲，粤语流行曲振兴后，改唱粤语，唱过的粤语歌很多，有《分飞燕》《同命鸟》《相思泪》等，现在网络上还能看到她演唱《春风吻上我的脸》的现场视频，台风很有那个年代艺人特有的味道。

素锦这样形容她："的确是好看，气派也稳重，服装着得好，还式样大方。"

别误会章文勋一把年纪了还追星，他喜欢舒雅颂的原因，竟然是因为远在上海的小女儿小芬。这个歌手和小芬不但年龄相仿，长得也很像，从身材到面孔无一不肖，鼻子尤其像。每当舒雅颂一出现，章文勋就目不转睛地盯着屏幕，生怕错过一秒。

在素锦的三个孩子里，章文勋最欢喜的就是这个小女儿。他离开上海时，小芬尚在襁褓之中，孩子长到二十多还只看过照片，连真人都没见过。现在只能靠看电视上的陌生人，聊慰思女之苦，这是父女版的"莞莞类卿"。

小芬此时又谈了一位男朋友，素锦明令对方必须有房子："别的事只要性情相合，生活能过得去就算，没有房子岂不是画饼充饥？"小芬说要兴业里的房子，章文勋怒了：房子是儿子小庆的，岂能轮到一个将来要嫁出去的姑娘家？自己一共有四个女儿，就属小芬最不好，自私！

很多有儿有女的父母都是这样，平时无论对女儿有多宠爱，但一涉及儿子的实际利益问题，那可是铁面无私，原则性极强。要说对女儿的爱是假的嘴上说说，多爱儿子倒也未必，本质上是自家财产不能外流。

素锦劝小芬绝了这门心思，触怒了父亲并无好处。小庆拿到房子继承权，将来父亲去世，她回到上海跟儿子住天经地义，跟小芬算怎么回事呢？她让小芬跟蓼芬学学，人家从来不提这等过分要求。"总括一句话，囡囡婚姻不干涉，也不反对，就是不能动兴业里的房屋。"

当然她也表达自己的苦衷，"我是靠章生活的"，让素美替小芬想想办法，或者让她以"你女儿的身份申请住房？"

素锦也提到，如果小庆能出来，再考虑把房子给小芬也未尝不可，她现在省吃俭用，一方面是给家里寄钱，另一方面是想买间房，给小庆出来打基础。

素美心疼姐姐，写来一封"解绑"信："在经济上如果吾姊今后生活不能应付，就不必再寄钱来，我们宁可让生活淡泊而精神愉快。当初三个孩子都幼小，我们大家都克服了长期的困难，何况孩子们都长大，在党的培养下有了工作，并且有独立生存的能力，只要大家心情开朗，我们会相处得更好。"

素锦倔强地不肯。小庆的结婚基金章文勋暂时拿不出，她表示，即使变卖保险箱里的首饰也要寄钱。

偶尔出去和小姑姑、云芝她们聚个会，聊的无非都是如何如何艰难，内地的人不了解香港情形，还当香港遍地黄金。香港人爱面子，苦是关了门自己苦，滚钉板都没人知道。说着说着不免都要流泪，又都赶紧刹住了，心里都明白，此时流泪就是冒昧。香港不相信眼泪。

电影《美食·祈祷·爱》中，几个帅哥美女坐在餐桌前等上菜，七嘴八舌聊起城市的气质。他们说好好想想的话，每个城市都有一个词语可形容，比如伦敦是古板，斯德哥尔摩是循规蹈矩，纽约是野心，而罗马最有代表性的是……性。大家欢呼着碰杯，一饮而尽。

那，香港呢？香港的底色毋宁说是务实。拒绝一切花架子和虚套子，在利益面前，争抢的姿态再难看，脸上都写着坦坦荡荡。

这个高度商业化的城市如同一座熔炉，想要在逼仄的现实里生存下去，必须练出一把子钢筋铁骨。哪怕是以身段柔软、心思玲珑著称的上海女人，她们骨子里原有的江南氤氲之气，也迟早会在硬冽海风的横扫下消失殆尽。

说回素锦，她现在开始理解香港人了，香港多么现实，她来港十八年，"现在知道有些人打肿面孔充胖子是有苦衷的，人人都有一股劲，不服输不肯认低不肯吃眼前亏，所以个个硬梆梆，没有也讲有"。

硬着头皮往前闯，这就是香港人的精神，是香港文化中特有的一部分。二十八年后（2002年），一位港女歌手领奖时说:"我乜都冇，净系心口得个勇字。"她叫杨千嬅；再过二十年，有一首歌风靡大街小巷，连幼儿园的小朋友都会唱："爱你孤身走暗巷，爱你不跪的模样，爱你对峙过绝望，不肯哭一场。"这首叫《孤勇者》的歌一直唱到了2022年卡塔尔的足球世界杯上，原唱是香港歌手陈奕迅。

当素美来信说小芬的恋爱不顺遂，吵架时新男友晾着她，她心里再想对方也绝不主动，似又有"触礁之虑"时，素锦却对女儿的恋爱观表示赞赏："宁愿她自己的硬气表现那是对的，做人的人生之道并不是一直平坦的，越难走的路经过了，走到平坦的路中方觉得康庄大道浩浩荡荡，所以一点不必泄气……我们家两个女孩人品不错，不像别人家的那么浅薄，气质方面也高人一等，为人略带傲骨，方得耐岁寒带芬芳。两个女孩的婚姻都不顺利，焉知非福呢？不必心急，不要迁就而让人占上风，做人应当强之处应刚强。"细品品，她的思维模式越来越港化了，不知不觉间，她有了港女特有的硬颈。

元陵来信说，想在香港和友人一起开个商业公司贴补家用，近期考察时可以跟姐姐见一面，素锦十分兴奋，素美听说后也雀跃不已。过了一两个月，元陵没有动静，素锦等急了，打越洋电话过去询问行程。

电话打通，十余年没听过弟弟声音了，素锦很激动，但电话那边的元陵却心不在焉，他说忙，不来了，没说两句便匆匆挂断。只剩素锦尴尬地举着话筒，听着里面冰冷的"嘟嘟"声，半天才回过神来。越洋长途按时间收费，可能他是怕她费钱？其实她用的是章文勋公司里的电话，多说几句不妨事的。

素锦把元陵来不了香港的消息转告妹妹，言语间难掩失落："其实元陵离开这么久，而且生活不在一起，同时他在那边工作入籍、生活交接，与我们的生活、思想已经脱节。他完全是别一种的生活方式了，那边是以子女为重的算直系亲属，其他就算疏远的了，所以我是在香港听得多，电视中的外国片集也看得多了。

"在我是早已处之淡然，不过你们在国内还不知其详的，故而我是告知你们知道不必抱太大的热情，淡一点的好，免得失望。世界在变人情也在变，那是社会的环境在变，生活紧张工作不易赚钱不易，那边互相排挤的。因小娘娘告诉我她听说那边要关掉二佰间大学（包括预科），也不知正确情形，她也外面听来的。"

小姑姑说得不错，1974年美国爆发了经济危机，在大学任教的元陵面临就业困难，自顾不暇之中，可能真的是没心情和姐姐多说。

同年6月，素锦花了九十九元买了各式各样的花边寄往上海山东南路。之前花边是可以夹在信里寄回的，但素美告诉她花边都被没收了，以后不要夹信里，于是她就改用包裹寄了。

其实这些尼龙花边在香港早过时了，现在香港人视内地的抽绣为高级货。抽绣是刺绣的一种，也叫抽纱，用来做花边，是流传于广东潮州一带的传统技艺，2014年还被列入第四批国家级非物质文化遗产名录。但奈何上海人目前就稀罕尼龙的。

她交代得很细致："阔的一种是一元一角一码（原价一元五角），红色蓝色白色的九角一码（原价一元二角），另一种白色像荷叶边的算七角一码（原价八角），另外白色布的花边是七角一码，路上摆的我也不知在什么地方买。总之送人也送好点，让人家开心点。"她还建议阔的花边做枕头好看。

随花边寄回的还有小庆要的两本照相簿以及五码"瑞士cotten"布料，给临轩和小庆做文化衫穿。

寄的包裹多，邮局的规定又繁琐，工作人员说这也不对那也不行，让本就出门不多的素锦愈发无所适从。这些难搞的包裹仿佛是压倒骆驼的最后一根稻草，让她彻底崩溃。站在邮局柜台前，当即眼泪决堤，把柜台里的工作人员吓坏了。

她哭哭啼啼诉说着自己的不容易，工作人员闻之恻然，连忙动手帮忙。她告诉素美："我大概是在更年期，哭过心里也好过点。你们不必为我难过，下一次寄东西会比较熟一点。"其实她需要的是一场不管不顾的倾诉，来疏泄心中的憋闷，哪怕对面是个陌生人。

第二个月，她给小女儿小芬寄回了三段瑞士纱，其中两段咖啡色，一段深蓝色，还有日本货的发环。这回果然熟练多啦！

后来，素锦实在撑不住了，将生活费每月减至二百元，并且生日礼钱一概取消。"章的营业淡得出奇，一日一日在蚀本吃老本……我因为自己的入不敷出，无法应付生活的高涨。故此逼不得已在下月起将减少寄予你们的生活费用，希望你们谅解我的苦衷，我是出于无奈……这里生活通货膨胀，你们处一定也知道，并不是我无理由以藉口为主的。我心里很乱，情绪恶劣，一直苦闷之中，痛哭是不用说，唯有祈求神使我们脱离危难而安乐。如果情况好转，我仍是勉力照顾，目前自下月起暂时寄二百元一月，如果情况再恶化，将必须减至一百五十元港币了。我心酸的很……"

以上这一段文字，由无奈、痛苦、内疚各种复杂情绪混合写就，隔着近六十年的斑驳光阴，读来仍让人揪心动容。其实用现代人的眼光看，素锦大可不必如此付出，更不用对谁抱歉。妹妹妹夫双职工，子女们也都已长大成人，长女蓼芬已经三十，小庆二十八，小芬二十六。他们也都有了稳定工作，每月有工资可领，完全可以自立，不需要母亲的接济也足以生活。素锦如此做，是出于多年没能照顾他们的歉意，要尽力给予补偿。即使后来长女蓼芬及儿子小庆结婚成家，她也没有停止寄钱。

到了11月，她把给家里的生活费又加到了三百港币。

那一年，素锦还给两个女儿寄过两件太空楼，一件洋红色带帽子，中袖，胸前是纽扣，样式相对洋气点；另一件大红色，小袖，胸前带拉链，这件暖和一些。是小姑姑出钱买的，大概是表达带素锦炒股亏钱的歉意？

从来往信件里还可以看到，一直到后来的1976年9月，素锦应要求给蓼芬寄回一件蓝紫白三色相间的短袖衬衫；笔芯一打，半打蓝色，半打黑色，圆珠笔蓝黑各一支；小皮包两只；两件宝蓝色男式翻领尼龙衫，儿子、大女婿各一件；丝袜、文胸等女性内衣若干件给两个女儿及儿媳妇。半个月后，又给妹妹寄回一个包裹，里面有蓝瑞士纱布料一匹，发环八对，圆珠笔二支，笔芯十二支。10月底，给蓼芬寄回花布料一段，橙色小皮包一只、发环八对、圆珠笔一支、笔芯六支。

此外她还喜欢寄玫瑰花啦热带鱼啦等各种图案的立体画片。花边、立体画这些小东西不费什么钱，但在上海应该是稀罕的物件，很受欢迎。家人可以拿来送人，或者是别人委托代购，那代表着内陆人心中洋气神秘的香港。对上海家人的物品需求，素锦一以贯之地有求必应。

章文勋和元陵都批评素锦对孩子们太溺爱，这样会导致他们不懂珍惜，孩子们觉得她一会儿这样一会儿那样。三面受气的素锦委屈地说出了心里话："我好心地想让你们快乐点，现在反成了吃力不讨好，阿王炒年糕弄得糊涂涂。"

素美还是坚持要营养为先，再省不从嘴里省："自从囡囡在自然灾害期间患过肝炎之后（肝炎主要是平日饮食方面营养欠缺造成人体组织上收支不能相抵，导致抵抗力薄弱而被传染）。当时为了避免其他人有类似的情况出现，所以在吃的方面，我们就开始不惜一切，吾姊知道，临轩仅是一个小职员，积储有限，他不可能为孩子们像小娘娘一般，每月付出二百五十元的医药费，一方面先哲曾告诉我们说：'预防胜于治疗'，另一方面，孩子们在没有踏上工作岗位前是没有劳保享受的，生病非但要支付医药费，并且影响了健康，影响了今后的幸福。所以临轩在宁可苦待自己而设法不使孩子们再得到慢性疾病，在困难的时候他宁可卖掉些无用之物而毫无怨言，孩子们的健康成长正可以说明一切。孩子们容貌的好坏也是与日常的营养有关，记得当时蓼芬囡囡都有照片给你，姊夫见了哈哈大笑，如果他见到了孩子们面色憔悴，带有病容，小家败气的照片时，在内心中是否会产生出烦恼的感觉呢？……我们并不是自己享受而使孩子们受苦。我们知道你平日节衣缩食，励（厉）行节约的情况，我们了解得更多。

"所以我们不希望你在吃的方面再节约，而苛刻自己，否则如果得到了真正的疾病，何止再花上数百倍的代价，所以请吾姊今后不必再寄钱来，不过请吾姊不必顾虑，我们今后不会亏待孩子们，十九年来，我们大家在患难相处中已经相辅相成地建立起真正的凝固深厚感情，我们不相信，孩子们的这种感情会受着环境的改善和时间的变化而变迁，让一切都付诸于命运吧。"

素锦看完信，只能怏怏作罢。

1975年3月7日晚10时，在医院苦熬一年半，熬到灯尽油干的世秋叔，终于得以解脱，去了极乐世界，葬礼由神父主持。出殡日中午，素锦为表哀悼之情，送了一百元奠礼及花牌。他们在九龙的万年酒家吃了猪肉烧豆腐，四点多葬礼就结束了。

下山时，素锦回望墓园，想起十九年前的那个秋天，世秋叔带她来香港找章文勋，五奶奶、小姑姑他们就站在码头上热情迎接她，如今五奶奶也已先行一步，在另一个世界等着他了。世秋叔是懂得及时享乐的人，路过澳门时，给她雇了辆三轮车，带她逛遍了澳门的风景区，还请她吃澳门美食。那是她第一次出远门，又兼前途未卜，茫然地坐在车上，任他带着东跑西颠，澳门清新的风土人情让她的心情在不知不觉中渐渐明朗起来……那场景还恍似昨日，一眨眼却已是阴阳两隔，物是人非。

幸亏他临死前受了天主教洗礼，可以在天主教坟地落葬，否则在香港买墓地的话就太贵了。私人的墓穴超过活人的楼价也是有的，普通的要过万，死都死不起。

回家看到章文勋那张又瘦又老的脸，素锦对未来的担忧又多了一重。

房租又涨了。"从去年7月1号起加租一百元，现在是五百元了。"她想申请政府廉租屋，但她一个人，儿女不在此处，不符合申请条件。孩子们要在就好了，大家可以先凑个首付，再十五二十年的分期付款。

要不要买房呢？"有的人说犯不着，目前这样贵，在红磡及郊区冷落地段八万元有交易。市区即要十几万，面积大一点而建筑好一点的要就要二十万元左右，当然在半山面积二仟多呎的几十万也有（我们也没有这么多的钱，要想买也只有十几万的，也要分期付款）。我们是想也不想的，交通又不方便，出入就不便，买东西也不便了。况且有的说香港只有几年十年也不到，有的呢说不会的，楼价要看好。只是这半个月来，市面反复经济动荡，许多人都在勘察不动，真真有好多好多的人在受严酷的考验，心情沉重。"

可是不买的话，人生无常，章文勋一旦有个三长两短撒手而去，她到时候何去何从？再两手空空灰溜溜回上海吗？

纠结死了。

章文勋现在受素锦的影响，也变得格外节省，甚至还大有青出于蓝而胜于蓝之势。去外面吃饭只点经济实惠的碟头饭（即盖浇饭），他吃猪手饭，素锦则是叉烧饭加一只蛋，每碟三元五角；抑或一碟油菜，一碗水饺，连汤算上花十元多点。他最喜欢是吃广东小店，花得少还吃得饱，又不用给小费。回到家素锦只吃面包，他也不挑食了，跟着吃，一只二角钱的提子包就打发了。以前他怎么肯？

素锦冷眼旁观："是真的，他变了，不像从前了，可能年纪老了。"

有点文学积累的素锦，还跟素美暗地里用名著作品里的人物嘲谑章："我记得《大卫·科波菲尔》的作者狄更斯讲一个赶车老头子，我以前也看过巴尔扎克著的孤寒财主，刻薄妻女，只准吃清水面包。"又顺便给妹妹荐书："今后有机会你们应该看看罗曼·罗兰的书（写贝多芬一生），里面涵义甚深。"这说的不是《约翰·克里斯朵夫》么？素锦受这本书影响最大，它支撑她度过了人生中很多艰难时刻。

那天不知怎么了，文艺情怀爆棚的素锦，又兴致勃勃说起另一本名著，美国女作家凯瑟琳·温莎于1944年出版的《琥珀》："素美妹你曾看过《琥珀》，现在此地的许多情形和书里十分像，各类女人，有的向上爬，有的天生善良，是受过良好教育的大家闺秀，有的天生是一种坏胚子。"

演员陈冲的母亲、药理学家张安中于2021年去世后，陈冲整理她的遗物，在书架上发现一本旧版的英语小说，已经被翻烂了，封面、封底都没有。陈冲带着好奇读了五六十页，倏然想起，这不是母亲多次提到的《琥珀》吗？张安中和素锦素美是同时代的人，《琥珀》是那一代上海女性年轻时的必读流行书目吗？

在习惯了描写现实一地鸡毛的信札里，素锦忽然迥异于以往地荡开一笔，拐入了久被尘封的精神世界一角。仿佛灰白惨淡的鱼眼珠子，忽然泛起了莹润洁净的珍珠光泽。

可惜那光泽转瞬即逝，下一封信里又开始了唉声叹气："生活到处艰难……"

"希望经济衰退快点结束，人人安居乐业。"这是从过去到未来，所有小老百姓亘古不变的愿望。

9

1975年9月26日，素锦返沪探亲。

那一两年政策有所松动，实际上1974年那年春节，就有十几万早年赴港的人回上海过年了，素锦当时手头吃紧，等到第二年情况略略好转，她就开始迫不及待地计划探亲。

蓼芬要结婚了，做母亲的要回乡参加女儿的婚礼。结婚对象还是那位小颜，对于这个女婿，素锦开始是不满意的，因为他有肝病，但蓼芬一直不离不弃，经过数年的爱情长跑，终于修成正果。

现在素锦看开了，她还宽慰妹妹："人生只有数十年，而我历经沧海，目前同你一样一身是病，岂能无感触，无智慧也有知觉。一个人都有他的命运，有的生来好命，有的受多少苦多少折磨，人生悲欢离合，生老病死，地是万年，而人一代一代传下去，三个孩子和他们的配偶将来的环境也会各有不同，各有命运。"

话虽如此，但她还是约了算命师傅替女儿择吉日。到香港后的素锦，渐渐也有了香港人爱算命看风水的习惯，时不时去算一卦。与人初次见面时，会下意识地先相面。当初小芬前男友的姐姐赛娜来香港，素锦见过后就对素美说，此女额头眉眼都好，但鼻梁有结，四十岁后难测，除非心胸宽广。

那几天下着滂沱大雨，新界的稻田全被淹了，但约好的日子不好违期，素锦还是冒着大雨去了青山道，章文勋竟然也跟着去了。素锦开心又无语地道："你说他不关心子女吧，他自己又来。"人性哪里是非黑即白的呢？是五彩斑斓的。算命的说蓼芬的命格应该是填房或继室生的才好，这样不冲父母。章文勋听了咋舌："不由你不信，命是有的。"

她把蓼芬的八字给了算命先生，吉日择出后，她嘱咐素美不要下楼送，因她年龄相冲。

"昨天去青山道取回择日，该人说十月一日不宜，因就蓼芬则以农历八月十二日结婚（午时出门口），八月初二过礼（男家）巳时十时，八月十一日安床（男家），申时下午四时，五时不属申，八月十一晚上十二时颜锡臻（冠笄），女家本年八月十二迎娶，午时出轿大吉（我现抄与你该人所述是广东的礼法，你们国内只以此为参考也可），八月初二过礼（送嫁妆）巳时出盒大吉。

"八月十一晚十二点冠笄大吉（意思在十二时向上天跪拜默祷，并用梳梳头，一梳到底，意即夫妻偕老）。但是日内寅日冲，五十六岁，廿岁，四十四岁勿看新娘上车。四十四岁是素美妹，寅申冲，该日冲。你可不必送新娘下楼，注意冲。其他无忌，我另附历及蓼芬八字，所谓卯酉冲，因双方八字俱有二冲，故冲开。如你们无异议可进行，是日（阳历）为九月十七日（八月为乙酉月），蓼芬今年流年（卯酉冲，见喜冲开）。

"我们虽以不迷信，故冲喜也为佳。"

许是更年期综合症缘故，素锦性格后期愈发孤拐，情绪大起大落不可捉摸，医生说她得了神经衰弱症。一个人在家常常自言自语，动不动就跪在地板上号啕大哭。夜夜不能安枕，要靠吃药入睡，常年服用六味地黄丸、天王补心丹（上海佛慈制药出产），经期不畅时则用山东出品的保坤丹。白天没精力做事，浑身疲乏，动一动就觉得累。身体虚胖，脸上挂着两个巨大的紫黑色眼袋。在章文勋面前她不敢发脾气，只能在信里跟上海的家人找不痛快。

回沪前，她一面给家人采买礼物，一面说些太直接、令人不自在的话："你们所需之物不多，但现时对港澳旅客来住之行李，携带又有新规定，也不能超过。为免你们心中不快活，以为我不肯带，所以我将最近来往港澳之旅客所带行李之规定寄上，以免大家心中不愉快。"她真的在信中附上了海关对来往香港或澳门的旅客行李监管办法。

对此，素美回信道："至于吾姊所说不能多带东西，在这方面，我们都很明白，关卡处有一定章程，原来我也早已说过，一切要根据吾姊体力情况，按关卡规则自行决定，绝无不快活之理，而最主要的还是建议吾姊在这几天中尺（只）是争取休息，以便能适应客途中二三夜的劳累。"

但无论如何，"此次乃十九年阔别一叙亲情，虽然日子不多，但望大家快快乐乐，愉快高兴"。素锦的激动之情溢于言表，先行寄回了港币三千元。

亲人之间多年不见，难免有些生分，她说自己打算住旅馆，孩子们要工作，不好打扰。妹妹素美闻言，回信道："上海自己有住家，何必去旅馆住宿（一个房间每天十几元，还是普通房间），虽然他们每天工作，但饭是要吃的，并非不开火，你来了，多个人就是忙些，心里也是舒畅的。"

素锦通过中国旅行社办妥回乡探亲的手续，买好了软席卧铺车票，9月23日上午七点与旅行团集合，由尖沙咀车站至深圳中转站，小庆前往迎接。

终于见到了自己最挂念的孩子，虽然在照片上摩梭过他的脸千百回，但当他以一个成年男子的真人模样站在面前，用成年男子的嗓音喊"妈"时，双方还是有一刹那的赧然，哪怕是骨肉至亲，依然需要熟悉一下。母子俩在广州华侨饭店住了一夜后，24日坐火车再度启程，于26日下午五点半抵达上海火车站。

随着一声长鸣，阔别整整十九年后，她终于再度踏上了上海的土地。

因为有小庆陪同，当时有没有人去车站接她就不得而知了，信里也没有提及。如果有的话，是全家人列队欢迎吗？那个场面想象一下就令人热泪盈眶。

1956年10月初离沪，三个孩子丢给妹妹妹夫，孤身一人入港寻夫，本以为顶多走十天半个月，哪知世事难料，竟然从此骨肉分离天各一方。离开时儿女尚黄发覆额，归来时他们都已长大成人，一个个看过去，幼时的坯子还在，但总觉着有挥之不去的陌生感。倏忽弹指间，光阴流走了整整十九载，如今倒有几分"到乡翻似烂柯人"的恍惚。看看弟弟妹妹，再看看镜中自己，大家当年满头青丝，而如今却都已两鬓斑白，变了容颜，其中况味真是一言难尽。

骨肉团圆，他们是应该好好享受一下这望穿秋水来之不易的幸福！

然而事与愿违，十九年才得团聚的探亲之旅并不愉快，家庭内部竟然发生了大混战，素锦同幼陵、素美同幼陵、素锦同素美两两闹矛盾。

十几天简直度日如年，挨到女儿完婚，素锦黯然返港。多日睡眠不好的她，一路昏昏沉沉。火车五时半到广州，她三点半已经醒了。过海关时大包小包，重到"七喘八吼"，稀里糊涂连买了三张火车票，人家叫她买她就买，也不问清楚。在九龙下车时找不到苦力扛行李，临时花了三块港币雇了个老太婆帮她拿包，又叫的士过海。狼狈不堪回到家，把东西摊一地开始分拣，到晚上章文勋来了，她都还没吃饭。经这一程折腾，她算是彻底累瘫了，休息了好多天才缓过来。

身体上的耗损都还好修复，精神上的伤痛却不易愈合。

她同弟弟幼陵发生了正面冲突，从素锦的叙述看，好像是幼陵曾在女儿蓼芬找工作的时候制造过麻烦，素锦找幼陵对质。

素美和幼陵之间也爆发了争吵，并上升到肢体冲突，上演了全武行。

素锦在沪期间，收到过一封匿名信，信上是一首半通不通的古体诗，挑拨素锦与素美之间的关系，素美夫妇认为这事是幼陵干的。素锦走后，素美夫妇找来幼陵对峙，幼陵拒不承认。

临轩说："一个人做事要光明磊落，不要鬼鬼祟祟，诡计多端，卑鄙无耻！"

幼陵手指着临轩说："你才是卑鄙无耻，说信是我写的，你把证据拿出来！"

双方争执不下发生口角，情绪激动之下双方还动了手：素美拿扫帚追着打了幼陵的背，幼陵拿面盆砸了临轩的头，临轩揪了幼陵的头发，幼陵则以撕碎临轩衣服的前片为回敬，还是闻声而来的邻居把他们拉开的。

而那封信到底是谁写的？成了一个永远的谜。

其实没关系，亲情的神奇之处就是经打耐摔、颠扑不破。四姐弟中只剩素美与幼陵留在了内地，他们是余生可以相扶相携的亲人，这些矛盾放在若干年后看根本不值一提。

至于和妹妹妹夫之间的不愉快，从素锦返港后给女儿的信中可见端倪。

她委屈地写道："……无非是回来探亲，大家见面开开心心地过一个月不到的，想不到一下车回到家中就给我威胁，板着面孔，如果换了任何人想想心里的反应是怎样？十九年没有看见了，应该大家开心点，个个不想好的，反而使我难过弄得不欢而散。我回到香港不知哭了多少次，人瘦了八磅，现在衣服都宽大，临走大家还虎起面孔，我自己在想前世不知作了什么孽，今世受气受难。十九年来我一直想念子女，即使见了面也只有十几天，何必大家如此，明争暗斗，弄得我莫名其妙，使我寒心凄酸，我个性好强，不在人面前表真态的，我待人好与坏，惟天可表……如今我一身是病，我得到什么，所得到的是不谅解是怨恨，难道我不灰心？"

又说："蓼芬你应该是幸福了，你有没有想到你的娘的处境和内心？希望你将来生了子女，再体验你自己关心子女时的感情，假使你的子女在远方，那时你再体会，希望你幸福。"

妹妹素美看到姐姐的来信，连忙回信，及时消除了误会。

她说姊妹之间正因为情谊过于深厚，仿佛牙齿有时也会咬到嘴唇一样，感谢姐姐能在来信中说出她们之间的微小隔阂，她认为非常好，可以有的放矢地消除矛盾。

她解释姐姐所谓"一下车回到家中就给我威胁，板着面孔"，是因为姐妹之间应该无话不谈，所以她就家里眼下一些不尽如人意的事给姐姐交了个底，目的是让姐姐有所了解，"但吾姊当时听不进去，我也只能别过头去，而在当时吾姊指出我的态度时语气是过火的，在这方面吾姊也应该心平气和地退一步替我想想"。

至于"临走大家还虎起面孔"这句话，也完全是一种误会。当时她的胃病发作，而妹夫临轩因为和弟弟幼陵生气，血压竟然上升到180/120毫米汞柱，这数字在临轩的血压史上前所未有，所以没去共进午餐，"头痛非常厉害，只想睡几小时"，后来起身送行时还是因为头昏脑涨，面部的表情便有些生硬。素美说"这些情况的出现，丝毫没有针对吾姊的地方，在这方面，经过解释以后我姊应该明白的。"

素美再次重申："在我们自己内部不应该存在丝毫疙瘩，假定说双方抱有某些成见，不管这些成见的价值是大是小，就应该在适当的机会中直言谈相，把问题谈清楚，找出其真正的原因，藉此得到进一步的理解，而深入的理解又能使双方取得谅解，使成见逐步消除，而决不能把成见埋藏于心……希望吾姊千万不能误会到岔道上去，千万千万。"

素美一番诚恳的解释，让敏感执拗的素锦放下了心防，姐妹重归于好，她打算明年春天再回一次。

素美也很开心："悉吾姊于春季可能来沪或赴杭州等地游，深代吾姊高兴，旅行非但能陶冶性情和使人增加阅历，它对吾姊疾病也有一定帮助，国内的名胜古迹遍于天下，除了'上有天堂，下有苏杭'之外，尚有甲于天下的桂林山水，黄山的日出风光。"

第二年4月，素锦又回了一趟内地，她选定的是广州，并邀请妹妹和两个女儿也过去相见，四个人在广州好好玩了几天各自回家，期间相处亲密愉快，也算是弥补了之前的遗憾。同年5月，元陵来港，素锦夫妇全程请吃作陪，元陵临走素锦又送了五件物品作为纪念。

是谁说过"兄弟姐妹本是天上的雪花，落到地上结成冰，化成水"？当他们结成冰时尖锐磕碰，冬天一过，又会自动化成春水融在一起。

10

儿子小庆于1976年3月14日结婚，新娘是那位张惠玲姑娘。这姑娘痴恋小庆，因事被误解后，忍受小庆种种冷暴力，差点被始乱终弃，终日以泪洗面、精神恍惚。

素锦去信说，女孩了不比男人，不能错的，一错就苦了，要为她着想，既木已成舟就当姻缘前定。素美夫妇怕姑娘想不开，把她接到家里贴身照顾，又在她与小庆之间多次斡旋。

最终小庆回心转意，皆大欢喜。

素锦闻听后叹道："张对小庆之用情我能想到，犹似我对章一般，但有些人不懂温柔不能体会，只是知之太晚，所以感叹。爱人是痛苦的，要奉献而不能自私及占有，只能用忍耐的方式。被爱是幸福的，任性的糊涂的，所以对张来说，是要坚持忍耐和勇敢来接受。"

她照例给惠玲看了八字，算命先生说这姑娘有帮夫运，命里正财多，将来处理家庭事务及教养子女都很好，素锦很是满意。她感谢妹妹对惠玲的照顾，但她说："只是不能宠坏，三朝媳妇落地孩儿。"

小庆的婚礼素锦夫妇没有返沪参加。婚前小庆与姨夫又闹了点小别扭，他认为姨夫的专制家长式作风让人难以忍受。

素锦去信谆谆教导："你要知道，在你十岁那年，我离开香港时只有数百元人民币交给他，以后有六七年没有汇过钱，你父亲失业破产已久，这段日子是最痛苦的日子。你们姐弟三人所用所吃所穿，姨夫姨母尽了最大的努力，并来信勉励我和你的父亲。他们乃是小职员，不是有钱的资产阶级，在我们最艰难困苦的日子照顾你们，省吃俭用供养你们，包括你生病、教育以及各种照料，还有担心钱用完的精神负担，这不是容易的事。当时谁也不能预料你父亲几时能好转。所以我受恩于他们，不能忘记他们，这些恩情不是我们后来好转了，寄点钱所能补偿的……

同他意见不合，他心里也一定很痛心难过，将心比心，他有他的苦闷，认为好心管了你，要你好才骂你……"

小庆见信后很是惭愧，回信给妈妈表态，以后和姨夫姨母好好相处："你的话我是听了……以前我的确有自私之心，认为他们待我不好，但事实倒不如此，在你们信中提到以前的生活情况，我了解了，以后我再也不提以前之事。"

婚礼由临轩素美一手操办，因为姐姐没能参加，感情细腻丰富的素美专门给姐姐写了一篇"报道"，热情洋溢地记录下了婚礼全过程：

小庆、惠玲婚礼报导

1976年3月14日（农历二月十四）是小庆与惠玲的结婚纪念日，隔天的气象预报为"阴有时有小雨"，但在当天中午，天气开始转为"阴到多云"，温暖的阳光时隐时现地从云层中渗透出来，给予了我们以一种愉快的感觉，气象的转变已启示出了一个良好的开端。

下午从二时开始，亲友们都纷纷汇集到兴业里的新房中，新房已焕然一新，墙壁是小庆请友人来粉刷的淡黄色彩，色泽调和，它与雪白的房顶被一条深色的画景线鲜明地分隔着，奶黄色的门窗是由小庆亲自油漆的，可惜有些偏黄，但基本上漆得不错，这也是体现出了小庆自己的劳动果实。

四扇窗前下半部都装有白色的玻璃纱窗帘，四块红白色大花的线毯，窗帘垂吊在原有的滑车窗梗上，惠玲共买了七块，她把其它的三块缝制了荷叶边的沙发套、缝纫机套、方台布与五斗橱、床边柜玻璃下的衬底。

地板上已经打过蜡，房中的家俱已擦得点尘不沾，地位也有了更动，放菜的竹橱已吊在走向晒台的扶梯口处。浴室已由惠玲发动有关邻居大扫除了一次。

走进房门，靠左手的墙上吊着中国书法家任政所写的行书，毛主席诗词《卜算子·咏梅》，配着棕色条纹大镜框，镜框下面就是写字台的地位，台面大玻璃下压着吾姊寄来的立体画片，它们都被衬托在一块涤棉花布的衬底上面，台上放着盛满糖果的大玻璃高脚盆与装着香烟的小玻璃盆与香烟缸，一只8W荧光台灯的光线适应于他们平日的书写与阅读工作，桌下放着高度合适的琴凳，靠左壁的方桌被二只折椅间隔着，桌面玻璃下所用的是惠玲亲手缝制成的线毯台布。

桌前的二张方凳使人不时地回忆起祖先们的影象。二扇南窗前面放着二张单人沙发，套着同样色彩的荷叶边沙发套，中间放着一张由为华友人代制成的棕色漆低桌，底层有一块玻璃板可以放些书报刊物；桌面上的玻璃尚未配到，它被一块花边遮盖着，桌面上放着红白相映的吹花玻璃香烟缸，玻璃的扁盆中装着香烟或糖果，日本的小磁瓶中插着一些精致的塑料小花，因为那只刻花花瓶的大台灯是属于手工艺品，不过灯罩的颜色已经不鲜艳了，所以小芬与惠玲去买了一只乔琪纱圆筒灯罩，60W 的电力放射出既明亮而又不刺眼的光芒。

靠西面的墙前斜倚着五斗橱，上面放着一盆盛开的水仙、收音机和少些化妆品，红柄的牙刷被插入一对蓝色密胺口杯中，二只蓝色的皂盒中装着出口的檀香皂。西墙向北是一架套着荷叶边的缝纫机，套上放着一只插着各式塑料花的红色花瓶，一只洋娃娃背靠着墙坐在缝纫机套上，她的身体恰巧遮住了在油漆时被风打翻油漆罐时所淌在粉墙上的少许奶黄漆。缝纫机旁的床边箱上放着新型的双灯头台灯，墙上装有一只红花壁灯，大床上铺玉红色提花床单，上面铺陈着六条厚薄不等的棉被，一条鸭绒被、羊毛毯、毛巾毯，与四对淡粉红、白、兰、黄四色的尼龙枕套，被面的颜色五彩缤纷，鲜艳夺目。

由于我本人前几日极不舒服，自己又有顾忌，所以盖被等都请万立仁与谭慧英帮忙订就，我们曾向她们口头表示道谢。靠浴室的墙边则是被絮箱与一幢箱子。被絮箱上盖着涤棉花台布，上面放着暖水瓶，红花瓶中插有含苞待放的海棠，大玻璃盆中盛满着巴拿马的进口香蕉。红方格台布覆盖住的旧樟木箱上放着二只小芬的皮箱，再上面是新添的二只红格帆布箱，与吾姊赠与小庆的较小帆布箱，虽然木板箱，大橱与靠背椅子目前不能购到，但出于惠玲与小芬之手的新房布置还是给人们留下了一种舒畅、简洁、明朗、大方的优越感。多余的家俱什物则已暂堆放到张惠玲的小间中去了，有些零星餐具什物与锅碗都塞在床底下面。上面所描绘的就是新房的全景。

在亲属中张惠玲的小姊姊张惠芬与妹妹张惠华都是很帮忙的，妹妹张惠华前几天就开始为新娘忙碌。当天她一早就来协助，姨夫也是很早先到，隔夜他已经去过新房，他代表着吾姊与姊夫向新人们祝福，亲吻着新郎新娘，并祝愿他们永远幸福。

惠玲因前时期过分劳累，所以牙龈发炎，人也消瘦了，但相信她不久就会恢复的。

上午新人们把时间消磨在化妆方面，另张惠玲把发辫解开了，吹成朝里弯的式样，再扎上黑缎带，锈红的绒线衫衬托出花边的衬领，再套上红色闪光的中西式衬绒短袄，深灰呢的裤脚下露出了黑牛皮的船鞋。小庆穿着雪白的衬衫，外面套着夹花细绒线衫，再罩上灰色羊毛衫与呢中山装，春花呢的裤子配着黄色的牛皮鞋。

下午饭后张惠芬、阿舅一家也来了，隔夜临轩曾关照顾斯薇转言阿舅于当天早些来新房，阿舅走在最后面，上次的争吵使他的脸色显得很为尴尬，为了消除一切隔阂，临轩首先迎上去叫他，与他握手，并轻抚着他的头说："后面的头发有些翘着"。顾斯薇立即替他用吹风吹直了。

三时三刻，路武、小丽、慎轩、芯媛、路铭搀扶着奶奶走上楼来，小慈、荣轩、慎轩阖家也都前后赶到，他们都向新郎新娘表示着热烈祝贺，室内的气氛顿时活跃起来。四时余颜母、婶婶、姆妈、蓼芬、锡臻二个男女小外甥也都赶到，因为初次来小庆家里，所以她们带来了一篓苹果与生梨，我也向他们表示感谢。接着来了张惠玲的二伯伯夫妇、三伯母等宾客，他们原来与颜家是老相识，系邻居好友，所以交谈也很热闹。四时三刻一队队的来宾浩荡大军向"美心"酒家开发，顾斯薇是负责邻居方面的招待员，按照名单，她再次代为邀请了邻居们赴宴。五时半，男女双方的来宾们都已基本到齐了，按照上次排列的名单，有少数人因事未到，大姊姊张惠敏因患慢性肝炎不能出席，经过我与临轩诚恳邀请，她后来还是来新房祝贺的。我们机动人员当时就全部插入到各桌中去。

小芬负责招待同学同事，蓼芬、颜锡臻负责招待颜家与世春叔叔阖家。酒过数巡，姨夫示意新人们举杯向各桌宾客示意敬酒，宾客们全部起立表示答谢。酒至半酣，新人们离席去向各桌敬酒，之后每桌上的宾客也委派代表先后过来回敬。婚宴始终洋溢在热情活泼和愉快的气氛中。七时半散席饮茶时，由路武与小丽担任分发喜糖工作（路武是从南通特地赶来，二天后又将回去），每位在座宾客不分大小都得到二包以塑料袋封口的喜糖。婚宴结束后，没有去过新房的宾客都去新房参观，室内来宾如云，熙熙攘攘地拥挤着，加上里弄中前来赶观热闹的邻居，房里及门口只见到黑压压的人头。

亲友们闹到九时半才络续离去，小庆几次逃避到邻居家去，都被临轩叫了回来，大姊姊张惠敏发动起群众逼着小庆唱支歌，小庆委派了迟岚作代表，迟岚就在来宾面前大显身手，以女高音连唱了二支"沂蒙山区"，对面十三号张家伯伯正在阳台上开着录音机，迟岚歌唱完毕，录音机中的歌声与群众的欢笑言语拍手声又在对面阳台上发扬了出来，使来宾们高兴非凡。朋友在酒家与新房都为我们拍了些黑白闪光照，因为彩色胶卷比较宝贵，孩子们打算凑齐后去公园玩耍时再拍摄。

这次婚宴的唯一缺点，就是每桌上坐着十二、十三位宾客，菜肴显得较薄，有些桌上有些剩菜都倒了回来，但同学同事的一桌上，因为都是强壮的青年人，所以显得不够，七桌酒席加上啤酒鲜橘水共化人民币二百六十六元余，由小庆付款，由幼陵接洽与充当财务结账，席间的气氛始终是良好的，宾客之间的感情也是融洽的。

　　总之，这是一次胜利的宴会，团结友好的宴会，它改变了女方亲戚们以前对男方的某些看法，同时也消除了临轩与幼陵之间的某些成见，临轩准备送小田田钢笔一枝，但尽管幼陵心目中对临轩的想法难以臆测，但是友好的表示与融洽的感情多少体现出了"家和万事兴"的重要性，与内亲们的团结就是导致"家道兴旺"的潜在力量，但愿春风熙熙，今后我们阖家团结得更为紧密。

　　有关男方亲戚们的礼物赠送情况如下（女方亲戚及邻居们的礼物由小庆自己来信告知）：

　　幼陵、斯薇：钢精锅大小四只、水壶一只、炒菜锅一只

　　世春叔婶：花瓶一对，塑料花一束

　　奶奶：现金十元

　　小慈、修浩：现金二十元

　　荣轩、麦莉：现金二十元

慎轩、芯媛：任政写毛主席《卜算子·咏梅》行书一幅，配有大镜架，大号缎面影集一册，由任政题词。（作者注：任政曾为毛泽东纪念馆、周恩来纪念馆书写大幅诗词，现在去西湖还能看到他的墨宝："柳浪闻莺""曲院风荷"）

陆琳妹妹：从黑龙江汇来现金十元

临轩、素美："雪铁纳"手表一只

慎轩、襄全：机绣尼龙枕套一对

张家娘娘：玻璃糖缸一对

颜母：现金拾元

颜婶母：现金捌元

颜锡臻、蓼芬：大号缎面影集一册及其他

贺仪虽少，但是为了小庆惠玲的婚事，每位亲友都是怀着无比喜悦的心情，表示出了自己千里鸿毛的至诚内心，但愿勿嫌简薄为幸。

素美 写于上海 1976.3.15

信写得声情并茂，让观者身临其境，素锦非常开心，向妹妹表示了感谢，夸"吾妹文笔流利，文藻措辞优美"，让自己有读小说的感觉。

情路坎坷的小女儿小芬，也找到了一位不错的对象，在交往当中。儿女们都有了自己的归宿，素锦十分欣慰。

1976年的第三件大事，是素锦终于买房了。

这算是素锦在香港最大的投资。以前想供个四百呎左右的房子，大概需要二万多点。头一期付多点，以后每月付几百元，五年、十年分期付款。但因为想让孩子们过得舒服些，总是省点钱就给上海寄。就这样一直拖，迟迟未付诸行动，眼看着自己心仪的房子从二万一路涨到了五万，还在涨。再不买，这一辈子恐怕都买不起了。

皇天不负有心人，在轩尼诗大厦十六楼D座，素锦和章文勋终于看定了一间，先付首付，五年内分期付款还清。

这间房面积大约五百七十五呎。厅很大，比较有伸缩性，砖地。门窗已经油漆过，只要稍微修理，改换门锁闸，地板车磨补牢及打蜡就可以入住。朝向是坐北向南，厅里有南窗，楼层虽然高些，但胜在上面人少，比较安静。

乐极生悲，搬家前，素锦在街上重重摔了一跤。

"像我这一次的跌，事实上是跌得不轻的……我人身体重，跌下去冲出去二丈远，右手戴了一只玉镯滑过去，跌在地上爬不起。"

因为长期睡眠不足，精力不够，她走路总是磕磕绊绊。跌跤处是在百德新街附近的惠康超市旁边，她被一棵大树绊了一下，滑了出去。路人们只看到一个胖女人忽然像炮弹一样飞出去，轰然一声趴在地上动弹不得，也不知道是死是活，都惊叫起来。

"幸亏是在横路（静的地方），如果在路中心一定被车轧死。后来有人伸手拉我，我方爬得起来，晚上有几晚没有好睡，一根筋一动就痛得飙眼泪，奇怪的是玉镯也没有跌碎及坏，只是有点毛。"

她说，"也幸亏人胖胸部有肉，不然胸骨跌碎"。

左脚摔得淤青肿破，晚上疼得睡不着流泪，章文勋却闷声不响，也不说什么安慰之语。后来终于勉强睡着了，睡梦中，逝去多年的父亲忽然来了，他心疼地俯下身来，查看她脚上的伤。

1976年8月28号，素锦搬进了新房子，这是她第六次也是最后一次搬家。

没敢添置太多新家具，只添了一套沙发，买了一个杂物柜。厨房添了个碗柜瓷盆，浴室换了个马桶盖，窗户上安了个遮雨棚就算了。香港这地方寸土寸金，家家户户都保持了"断舍离"的习惯，没用的东西一律丢掉，省得占地方，素锦也学会了入乡随俗。

她看上一个给地板打蜡的电动地擦，轻便好用，但一问价钱要五百多。手动地擦重达二十磅，用起来很费力，但只

今天的轩尼诗大厦（洪涛先生提供）

要二十六元。对比过价钱后，素锦买了后者。

家里唯一值钱的是小姑姑送的一台三菱牌落地的高风扇，价值二百六十元。颜色是她自己选的，金色白色相间，正好可配奶油色墙壁及本来的傢俬。为了庆贺乔迁新居，她还专门请几个亲朋好友，在北方菜豪华楼吃了顿晚饭。

夙愿得偿。她写："现在总算心定了，搬定了。"

住进去的那天晚上，她躺在床上百感交集：终于有了自己一间狭小的栖身之所，今后再也不用被房东赶来赶去了。下个月章文勋计划去南非的约翰尼堡做老虎石生意，谋求新发展。她对着窗外的暗夜，求主保佑章文勋身体健健康康，能平平安安地帮自己把楼供清。

章文勋现在在钱上"算得精透"，他说每月要付银行贷款，给素锦的生活费一分不加。素锦无奈地说："我真为之啼笑皆非，又有什么办法呢？所以我有时候总打他的小算盘，自有地方叫他付的。但也不能多做，他门槛很精，会觉察的，不知道是不是年纪大的缘故呢？越老越精。"

现在她剩下的唯一愿望就是早日骨肉团聚。

9月13日，素美来信，顶部有一行字："极其沉痛悼念伟大领袖毛主席。"

9月14日，素锦去信："最近港地也竟载毛主席逝世之报道，各阶层也深哀悼，我们虽小市民，看到电视中瞻仰遗容，也流泪不已，心中哀伤。"

小庆的来港又一次被提上日程，素美无条件支持姐姐的一切决定，全家已经一起做通了儿媳惠玲的工作，让小庆先过去，一两年后再将她接过去。素美鼓励姐姐不要忘了初衷，主观上不懈努力。她说姐夫有这样健康的身体，都是姐姐"贤良方正"，在饮食生活上照顾得精心。

"但在操劳家务之外，尚希吾姊尽量争取休息，善自珍摄，以维持一定的精力，这样才能应付一切局面。光阴如箭，日月如梭，年龄是不饶人的。"

然后，她说要等待，还特意引用了《基督山伯爵》里的话激励姐姐。

"在抱有希望的前提下，应该有所等待。一位先哲曾告诉我们：人类的所有智慧，就是集中在'等待'二个字，世上最最伟大的，最最坚强的，特别是最最敏慧的，就是知道怎样有所等待的人。"

这封信写于1976年11月12日，离素锦想要抵达的那一天越来越近，为了那一天，她在香港已经足足拼挣了二十年。

是的，还要等，但眼下的等待又何尝不是希望？仿佛在黑暗隧道里踽踽独行的人，看到了出口的一丝亮光。现在的她，如同在水里憋气太久的人，隐隐感觉到，好像可以抬头换一口气了。

尾声：最后一封信

读完这四百多封信，就如同和素锦一道熬过了在香港的二十年时光。这二十年里，她难得展颜舒心一笑，耗上了一个女人的青春与尊严，靠着隐忍和坚持熬到了苦未尽，甘也未曾来。

无人能够置身于历史之外。

素锦的人生故事里，处处展示着人与历史的关系。生活由个人选择固然不假，但是给出选项的永远是大时代。历史进程中每一次变动，都可能引起渺小个体巨大的辗转动荡。无论方向还是步伐，哪怕轻微的调整，对于被裹挟其中的普通人而言，都意味着变数，意味着不可预知也无法把控的悲欢离合，人的命运由此而成为一门玄学。

愿国泰民安，愿江山永祚，愿平顺，愿无恙，愿有寻常烟火，愿骨肉团圆，不被生生离剥。

素锦的信件到1976年12月12日就戛然而止了。她后来过得怎么样？孩子们如愿赴港了吗？家里后续又发生了些什么故事或波折？她卒于哪年？魂归何处？这些都不得而知。

唯一可预知的，是生活不可能一帆风顺，但总要继续，它有它的轨迹。

隔着一百年的尘烟，祝福她和她的家人们。

那么，不妨就以素锦的第三百二十六封信即最后的一封信，作为一个不那么像结尾的结尾吧。

素美妹：

11月21日来信已收到，勿念。我因事务众多，人也没有什么精神，所以至今日才复。12月15日我当汇寄生活费，勿念。

12月22日（元陵弟有信来，叮嘱汇寄）你们夫妇二百四十元港币作为过年之用，春节不再寄来。今后也是将一年一次。他心里并不是最愉快的，业务上，要等三年之后，再另打算。失业众多，生活高税项率高，为生活起见也只能忍耐。

幼陵夫妇也是二百四十元，另二百四十元则是蓼芬、小庆、小芬三人分配，各得八十元整。我将各自寄出，现每一汇单是港币三元，比前涨了一元。蓼芬之八十元因适在1月份寄出她的生活费，故我也提早于12月22日寄在石门一路，连生活费二百三十元港币。请转言蓼芬，叫她自己留意查收。

如你们收到汇款后有写给大阿舅的信，我会转寄元陵的。

至于农历过年费用，届时我自会寄来，同去年一样。

日子过得快得很，一年又将过去，就要1977年了。香港的差饷飞涨一倍，明年百物又将高涨。香港的生活越来越紧张，什么事都要赶快，生活高我也只望章身体健康。那么生活还不担心事，所以也只求平安是福，望大家都是身体健康。做人只好想开点，否则人要黏（藕）线了（香港话，意思发神经），知足常乐，身体健康，平安是福。我现在每天忙家务也已经够忙了。内内外外大大小小的事已经够忙的了，为了节省，外面东西又贵，所以多数在家里了。一日的重担已经够了，只望章身体生意好点，大家也安乐点。

不多写了（附立体画片二张，如蓼芬欢喜给她一张，以后再寄）。

祝你们

康健快乐

姊 素锦 手启

1976年12月12日

后　记

在写作这本书的过程中，我曾一度误解自己，以为自己是个冷漠的人。

素锦的故事，最初写成中篇，发表在《读库》上，不少读者留言说为之泪下，某处某处触动到了他们，而我，竟然一次都没有。

过了很久，我才反应过来，是我的身份不允许。作为一个贴身观察者，面对这浩如烟海的几十万字书信，我相信这世上没有人比我更清楚她这二十年是怎么过来的。但作为故事的讲述者，我却必须时时警惕因入戏太深而失于主观，一不留神泄露过多情绪而将文字洇漫，让这个真实的故事失去真实的力量。

我只能克制着，用文字把她的生活一日一日推动下去，与之一同隐忍，一同憋屈，一同经受光阴细碎的磨折。关于素锦，要说的一切似乎都在作品里说尽了。

素锦是一个现实存在过的人，不是庙里的泥塑金身，普通人有的毛病她当然得有，也必须得有。悄悄说一句：私心里，我更喜欢素美一些。但一想到素锦所经受的那种种苦楚，便又能理解了，性格上的种种硬伤，又何尝不是生活加诸于她身上的副作用？那是真实人性的一部分，无需回避。

如果没有流落在民间的四百多封信，她的故事也许永远不会为人所知；如果不是那天阳光正好，恰好被去上海文庙闲逛的刘涛老师慧眼收藏；如果在七年之后一个平常的雨天，在刘老师的办公室，我没有出于好奇顺手抽出那箱子里的第一封信，不知道，她还要在故纸堆里被掩埋多久。

这个女人戏剧性的人生经历引起了我们的唏嘘感叹。在我家附近的咖啡馆里，我和刘涛老师多次探讨交流素锦的人生轨迹和她的命运。

《读库》版的篇章结构由刘涛老师设定，把素锦在香港的生活按主题以横截面的形式展现，引发了读者对素锦命运的关注。之后，"故事FM"团队做了一期名为《寻找素锦》的音频节目，反响热烈。

重新写作这本书时，由于篇幅许可，多方面考虑后，我决定将素锦的故事按照时间线纵向推进，这样可以展示其家族内部更多的细节，读者能从中看到更立体的素锦，其他家庭成员也依次登场，尤其是妹妹素美，有了更多"戏份"。

通过本书，我们能看到香港与上海两地的历史变迁，体会到历史对小人物命运的操控；也能窥见中国式家庭的独有特色，家庭成员一方面重视血缘亲情互帮互助，一面因连结紧密而界限模糊，常因付出与得到不对等而心态失衡，由此生出误解与怨怼，导致恩怨交缠，成了算不清的糊涂账。

于我而言，与其说这是一次书写，毋宁说是一场相遇。我和素锦，本是存在于不同时空的两粒微尘，毫无关系，是这些书信如虫洞，让我们得以交汇。互亮的微光，又恰好被路过的人们看到。

感谢刘涛老师对我的无条件信任，感谢《读库》张立宪先生及其团队对素锦故事的重视及推广，感谢中华书局责编马燕老师的诚挚邀请，感谢香港著名编剧陈文贵老师，对于我在写作过程中关于香港民生问题不厌其烦的解答——少了其中任何一个人、一个环节、一段缘分的加成，成书都不可能这般顺利。

当然也是有一些遗憾的，总在"要不要写细写全"与"照顾整体流畅性，太过琐碎会影响阅读体验"之间纠结徘徊，但正是有遗憾，才会让人牵念挂怀，成全了另一种意义上的完整。想起一句电影台词:"人生若无悔,那该多无趣啊。"

此刻正是春天的黄昏,我去取快递。葱茏的园子里刚下过小雨,枝头树叶湿漉漉的,花朵沉甸甸的,空气鲜润如汽化的清淡果汁。人们脚步轻快,孩子们的笑声太响,震落了花木上的雨水。

所遇一切,尽皆美好。

百合

2023年暮春